未来からの脱出

小林泰三

角川ホラー文庫
23268

目次

プロローグ／未来からの脱出

漸《ようや》く森の出口らしきものが見えた。

ぶうんぶうんぶうん。

羽音が煩《うるさ》い。

見上げると、頭上を何匹かの蠅が飛んでいた。

頭がくらくらする。

サブロウは服の袖《そで》で額の汗を拭《ぬぐ》った。そして、はあはあと肩で息をする。

出口まではほんの数十歩に見えた。だが、脚がなかなか動かない。前に踏み出そうとしても自分でも予想の付かない動きをして左右の脚が互いに縺《もつ》れ合うのだ。

サブロウは歯痒《はがゆ》かった。思い通りに動かせない自分の肉体がもどかしかった。

俺はいったいいくつなんだろう？

自分でも馬鹿げた疑問だと思った。自分の齢《とし》がわからないなんて、年端もいかない子供か認知機能が衰えた年寄りぐらいなものだ。

自分が子供の訳はない。だとしたら、老いぼれだ。自分の齢すらわからないじじい。

本当に俺は大丈夫なんだろうか？　無事、この森から出られるのだろうか？　そもそも森から出るという俺の判断は正しかったのだろうか？　そもそも、あそこから逃げなくてはならない理由はあったのか？　いや。あったとしても、それが妄想でないとどうして言い切れる？

サブロウはゆっくりと深呼吸した。

よし。もう一度冷静に考えよう。自分は自分の頭を信用していいものか。

そして、突然噴き出した。

馬鹿馬鹿しい。問題設定が間違っている。自分の頭を信用していいかどうか自分の頭で判定できる訳がないじゃないか。

だとしたら、誰に判定して貰《もら》う？　あいつらか？　いや。駄目だ。あいつらは俺を騙《だま》していた。信じる訳にはいかない……。

……だが、それ自体が妄想だとしたら？　俺は単に面倒な耄碌《もうろく》じじいなのかもしれない。

もっとも、その方がむしろ望ましいとも言える。一人で背負い切れないほどの陰謀に老体が立ち向かわなくてはならないという事実よりも、自分が妄想を抱えた認知症老人だという事実の方が遥《はる》かに受け入れやすく、対処は容易だ。

そういうことにしてしまおうか。このまま、回れ右をして引き返してあいつらにひと言言えばいい。

すまない。俺は道に迷ってしまったんだ。

サブロウは頭《かぶり》を振った。

駄目だ。まだ諦《あきら》めるな。もし、俺が認知症を患っているだけなら、まもなくあいつらは俺に追い付くだろう。そして、それなりの適切な処置を施してくれるはずだ。だから、焦って戻る必要なんかない。問題は俺が認知症でも何でもない場合だ。その場合、逃げ切れなければ、絶望的な未来が待っていることになる。

サブロウは上着のポケットを探った。

小さく折り畳まれた黄色く変色した染みだらけの紙が出てきた。

それには、うっすらと消え入りそうな曲線が一本書かれていた。ほぼ直線に近いが、所々ぐねぐねと曲がった蚯蚓《みみず》のような曲線だ。それはただの落書きのように見えた。少なくとも地図らしくはなかった。地図は現実世界のコピーでなくてはならない。そうでなくては、道案内の機能はないはずだ。地図には現実世界の目印が記されていなければ機能しない。だから、地形も建物も書き込まれていない一本の曲線だけの地図はあり得ない。

だが、サブロウはある理由からそれを地図だと判断した。では、なぜこれが地図に見えないのか？　それは地図であると悟られてはいけないからだ。誰に？　もちろんあいつらにだ。

そう考えれば、すべての辻褄《つじつま》が合う。

サブロウはこの地図の読み方を知っていた。

彼はその紙を斜め上に持ち上げ、日の光に透かしてみる。

裏にあった染みが透けて見えた。染みはいくつもあり、様々な形をしていた。その間を曲線が走っている。それはどの染みにも重なっていなかった。もちろん、偶然かもしれない。だが、サブロウはそれを偶然だと考えなかった。これは何者かが意図して書いた曲線だと断定した。

森の中を進んでいくと、染みと染みの間の隙間が森の中を走っている獣道と形や長さが一致していることに気付いた。

最初は気のせいかとも思ったが、彼は気のせいでないことに賭《か》けてみることにしたのだ。そして、それを地図だと仮定して、その通りに進んでみた。

すると、ここに辿《たど》り着いた。森の出口だ。

これでこの紙が地図であることが証明できた。俺の妄想ではなかったのだ！

いや、待て。それは本当だろうか？

サブロウは内省する。

地図の指し示す通りに進んだら森の出口に辿り着いた、ということ自体が俺の妄想だとしたら、どうなるだろうか？

この地図の道順通りに歩いてきた記憶はある。だが、よく考えると曖昧《あいまい》な部分もある。

これが地図であるという思い込みで、記憶も都合のいいように作られてしまったのではないだろうか？

　もちろん、その可能性はあるだろう。だが、そこまで疑い出したら、もはや何も信じられなくなる。

　サブロウは再び歩き出した。多少はふらつきがあるが、なんとか前に進むことはできた。大事なことは少しずつでも前に進むことだ。そして、森を出る。

　だが、森を出た後は何をすればいいのだろう？

　サブロウは自分が森を出て何をすればいいのかわからないことに気付いた。目的を忘れてしまったのか？　それとも最初から明確な目的などなかったのか？　どうして、そんな大事なことがわからないのか？　ひょっとすると、やはり自分は認知機能に障害があるのだろうか？

　ぶうんぶうんぶうん。

　羽音が喧《やかま》し過ぎて考えが纏《まと》まらない。

　サブロウは見上げた。

　蠅が飛び回っている。相当大きな蠅だ。

　目がちらちらして蠅たちが二重に見える。何匹いるのかすら判然としない。

　畜生、俺はどうしちまったんだ？

　サブロウは不要な刺激を避けるため、両手で耳を押さえ、片目を瞑《つぶ》って蠅の状態を把握しようとした。

蝿は依然としてそこにいた。だが、何かがおかしかった。

両耳を塞《ふさ》いだまま、瞑った片目をゆっくりと開けた。

それぞれの蝿が二重に見えた。だが、徐々にその像が一つに集束していく。

どうやら両眼の視差を脳がうまく処理できなかっただけらしい。だが、どうしてそんな現象が起きたのだろうか？

それぞれの蝿の像は一つに集束した。

そして、サブロウは自分の脳が混乱した理由が理解できた。

人間の脳は両眼の視差により見えているものとの距離を推定する。遠くにあるものを見るとき、両眼の視線はほぼ平行になるが、近くのものを見るときは左右それぞれが少し内側を向くようになる。もちろん、物体までの距離を知る方法は視差だけではない。遠くにある物体は近くにある物体より小さく見えるため、見掛けの大きさから距離を推定することもできる。

片目で何匹かの蝿を見たとき、蝿は数十センチの距離にいると感じた。しかし、両目で見たとき、両眼視差は殆《ほとん》どなかったのだ。つまり、見掛けの大きさでは数十センチの距離にあるはずのものが視差では数百メートル以上の距離にいることになる。その二つの矛盾する情報にサブロウの脳は混乱したのだ。

蝿の体長が数ミリであるという思い込みさえ排除できれば、そこに何も矛盾はなかったのだ。

そう。蠅たちの大きさはほぼ人間と同じぐらいあったのだ。

サブロウの鼓動は激しくなった。

あれは実在するのか、それとも俺の脳が作り出した幻なのか？

幻ならそれほど危険はないだろう。だが、もし実在したら？

やつらが敵対的であるという根拠はない。だが、巨大な蠅が友好的であると考えるのは楽観的に過ぎる気がする。どうすればいい？　森から出た方がいいのか？　それとも、木の間に隠れた方がいいのか？

森の外の様子はよくわからない。ひょっとすると、開けた場所になっていて、出た瞬間頭上から蠅たちに襲われてしまう可能性もある。だとしたら、森の中に潜伏した方がましかもしれない。

蠅たちは羽音を立てて旋回しながら、ゆっくりと降下を始めていた。どうやらサブロウの姿を捉《とら》えているらしい。蠅の視力がどの程度のものかはわからないが、サブロウに向こうが見えていることからして、向こうからもサブロウが見えている可能性は高いような気がした。飛行機が着陸するには滑走路が必要だが、蠅にはおそらくそんなものは必要ないだろう。あと数秒で最初の一匹がサブロウのすぐ近くに着地するのは間違いない。

サブロウはがむしゃらに走り出した。

とにかくやつらの視界から消えるんだ。そして、なんとか隠れ場所を探して、そこに潜む。やつらがいなくなるまで何時間でも隠れ続けるんだ。

しばらく走ると羽音は聞こえたままだが、蝿たちの姿は木々に阻まれて見えなくなった。つまり、向こうからも見えないはずだ。

サブロウはがっくりと膝《ひざ》を突いた。疲れているところにさらに走ったせいで、もはや呼吸もままならない。息を殺さねばと思いながらも、呼吸は乱れ、無理に止めようとすると激しく咳《せ》き込んでしまう。蝿の聴覚はどの程度なのかわからないが、大して鋭くないことを祈るしかなかった。

サブロウは手足の震えを感じながらも周囲に隠れ場所を探した。周りにあるのは木ばかりだった。都合よく穴などが見付かるはずもない。

サブロウは上を見上げた。

木に登れば葉の茂った枝の間に隠れることができるかもしれない。だが、今の体力では一メートルも登れる気はしなかった。だとすると、下しかない。

サブロウは木の根元を見て回った。二本の木がすぐ近くに生えていて、ぎりぎり人一人が入れる程度の隙間ができている場所を発見した。隠れ場所として最適とは言い難かったが、今はここしかない。サブロウはなんとかその隙間に身体を捻《ね》じ込んだ。そして、腕を伸ばして地面に散らばっている落ち葉をかき集め、自分の身体の上に被《かぶ》せた。

ちゃんと隠れられているのかどうか確認する術《すべ》すらない。だが、できていると信じるしかない。

羽音が大きくなった。どうやら降下してくるようだ。

どうする？　完全に降下する前に逃げるか？

だが、逃げたとしてもすぐに追い付かれるのは目に見えていた。そんなことをするぐらいなら、相手に見付かっていないことを祈ってここに隠れていた方がまだ望みがあるだろう。

どしんという衝撃があった。蠅の怪物が着地したらしい。

サブロウは落ち葉から顔を出して怪物の様子を確認したいという欲求をなんとか抑えた。まだ見付かっていない可能性がある。そして、それに賭けるしかないのだ。

がさがさとまるで人間が歩くような音を立てながら、近付いてくる気配があった。

焦っては駄目だ。ここでじっとしているんだ。

足音はサブロウの真横までやってきた。

さあ、このまま通り過ぎてくれ。

だが、無情にも蠅の足音はそこで止まった。

頼む。このまま行ってくれ。もしそれができないのなら、一思いに苦しませずに殺してくれ。

だが、蠅がしたのはそのどちらでもなかった。

それは歪《ゆが》んで極めて聞き取りにくい声だった。だが、紛れもなく人語だった。

「お帰り。君が戻ってくるのをずっと待っていたよ」

第1部

1

昼間はずっとぼんやりとテレビを見ているだけだった。

大広間には何台か大画面テレビが置いてある。それぞれに別々の映像が映し出されている。だいたいは映画かドラマだったが、ときには歌番組やスポーツ中継が映されていることもあった。

サブロウは映画やドラマを時折見たが、たいていは過去に一度見たものだったので、集中して見ることは殆《ほとん》どなかった。ましてスポーツ中継に至ってはまず興味を示さなかった。そもそもそれが実況中継であるとは信じられなかったからだ。出ているスポーツ選手はみんなサブロウが若い頃に活躍した者たちばかりだったからだ。もし、あれが実況だとしたら、選手たちはきっと精巧なアンドロイドかあるいは、試合全部がCGで作られているかのどっちかだということになる。だが、サブロウは録画だと踏んでいた。ただのスポーツ中継のためにそこまで労力を掛けるとは思えなかったからだ。

だが、他の高齢者たちは、熱心にスポーツ中継に見入っていた。もちろん、スポーツ観戦をしているという認識を持っていない者たちもいるかもしれない。彼らはドラマや歌番組であっても、同じような表情をして見入っているのだから。

「これは録画だよな？」ある日、サブロウは思い切って、たまたま横にいた老人に確認してみた。

大画面テレビの前には何十脚もの椅子が疎《まば》らに並べられていた。疎らなのは、車椅子で見に来る入居者のことを考えてのことだろう。現にテレビの前にいる十数人のほぼ半数は、介護者が動かす車椅子や自分で操作する電動車椅子に座っていた。

「はっ？」その老人は面食らったようだった。「何のことだ？」彼は杖《つえ》があれば自力で歩けそうだった。

「この選手は俺の若い頃に活躍していた。こんなに若いはずがない」

「ふうん。そうなのか」老人は特に興味を持っていないようだった。

「あんたは気にならないのか？」サブロウは苛立《いらだ》たしく思った。

「何が気になるって？」

「俺たちが延々と過去の録画を見させられてるってことだ」

「それの何がまずいんだ？」

サブロウは会話を続けるかどうか迷った。相当の割合でここの入居者は認知症を発症していた。もし今、自分が話し掛けている相手がそうだとしたら、全くの時間の無駄遣いになってしまう。

だが、よく考えてみれば急ぐ理由はない。ここではいくらでも時間がある。それぞれが人生のゴールに辿《たど》り着くまでの間だが。

サブロウは話を続けることにした。「スポーツはドラマと違って筋書きがない。だからこそ先の予想が付き辛《づら》く、そこに面白みがある訳だ。結果のわかっている試合など見ても仕方がない」

老人は首を捻《ひね》った。そして、ゆっくりと話した。「筋書きがあるドラマだって充分に面白い」

「それは結末がわからないからであって……」

「じゃあ、あんたはこの試合の結果がわかるのかね？」老人は少し怒気を含んだ声で言った。

「それは……」サブロウは必死で記憶を探った。だが、何も思い出せなかった。「この試合については覚えていない。しかし……」

「だったら、素直に楽しめばいいだろう。覚えてもいない試合を見て『過去の試合なんか見せるな』というのは我儘《わがまま》だと思わないのか？」

「俺はそういうことを言ってるんじゃない」

「静かにしてくれない？」後ろから老婦人が声を掛けてきた。「わたし、この試合、見てるんだけど」

「騒いでるのはこのじじいだ」老人はサブロウを指差した。「この番組に文句があるんだと」

「いや。俺は事実を指摘しただけで……」

老婦人はきっとした表情でサブロウを睨《にら》んだ。

サブロウは一瞬で言い返す気力を失ってしまった。

この男の言うことはもっともだ。みんなが楽しくテレビを見ているのに、わざわざ「こんなのはおかしい。この番組は楽しいはずがないんだ」と主張するほどナンセンスなことはない。そんなことを主張しても誰も得はしない。

サブロウは諦《あきら》めてそっとその場を離れた。

サブロウ自身はふだん電動車椅子を使っていた。全く歩けない訳ではなかったが、部屋の端から端まで歩くのに、一分近く掛かる状態では、車椅子を使う方が便利だったからだ。

大広間の一角には大きな本棚がいくつも並べられてあり、そこには学術書から漫画に至るまで様々な本があった。広間自体が相当広いこともあって、本棚に収まっている本は優に小中学校の図書室ぶんぐらいはありそうだった。ここにある本は誰でも自室に持って帰ることができた。本だけではなく、様々な映像ディスクも陳列されており、それも自室に持って帰って個人用のモニターで見ることができた。

サブロウは何冊か本を手に取った。だが、それを借りるかどうか躊躇《ちゅうちょ》した。面白そうな本ではあるが、以前読んだ本かどうか俄《にわ》かに判断が付かなかったのだ。読んだことがあるような気もするし、読んでない気もする。同じ本を二度も読むのは時間の無駄だ。

しばらく迷った後、ふと先程の老人が言った言葉が思い出された。

「覚えてもいない試合を見て『過去の試合なんか見せるな』というのは我儘だと思わないのか？」

なぜ、この言葉が引っ掛かるのかと少し考えて理由がわかり、サブロウは苦笑いした。

さっきの言葉はこの状況にも当て嵌《は》まるのだ。過去に読んでいたとしても覚えていないのなら、読んでいないも同然だ。読んだかどうか覚えていないのだったら、読めばいいのだ。仮に二度目だとしても楽しめたのなら、何の損もない。

サブロウは数冊の本を膝《ひざ》に載せると、電動車椅子を動かして廊下を自室に向かって進み始めた。

廊下を進みながら、サブロウは何か違和感を覚えていた。

最初は車椅子の出すノイズが気になるのかと思った。電動車椅子は低いうなり声のような音を出すからだ。だが、そんな音は慣れてしまえば気にならない。むしろ、自動車を運転しているような気になって軽快にすら聞こえる。

だとしたら、何だろう。

サブロウは膝の上に視線を落とした。

やはりさっきのことが引っ掛かっているのだ。

テレビ番組も本も覚えていないのなら、何度見ても構わない。何度でも楽しめばいいのだ。確かにそれは一つの真理だ。だが、一方、それではいけないという気もする。

もし、何度見ても、何度読んでもそれが全く記憶に残らないとしたら、果たして見たり読んだりする意味があるのだろうか？　見たり読んだりするのは、それを記憶に留《とど》めるためではないのか？　記憶に留めることにより、人間は変化するのだ。それこそが成長ではないのか？　それなのに、何を見ても読んでも記憶に留まらないとしたら、俺はもう成長できないということなのか？

　サブロウは突然の怒りを覚えた。何に対する怒りなのか自分でもわからなかった。記憶がままならない自分に対する怒りなのか。それとも、そのような自分を含む老人たちを馬鹿にするようなこの施設のシステムに対する怒りなのか。あるいは、老いという現象を生物に組み込んだ神に対する怒りなのか。

　ひょっとすると、俺はもうこの本をすでに何十回も読んだのではないか。この本だけではない。図書棚にあるすべての本を読み、そしてすべての映像ディスクを見たのかもしれない。

　そう言えば、このようなことを以前考えたような気がする。俺はあそこで本を見るたび、毎回今と同じようなことを考えているのではないか。

　サブロウは気が滅《め》入《い》った。ここでの生活は平穏に見えるが、毎日何の変化もなく同じ行動と思考を繰り返しているのだとすると、それはもはや一つの地獄ではないだろうか。

　サブロウは激しい動悸《どうき》を感じた。息が苦しくなる。

　このまま死んでしまうのではないかと思った。

いや。ただのストレスで死んだりしてたまるか、これはただの一時的な気の迷いだ。

サブロウは努めてゆっくりと呼吸した。

落ち着くんだ。何も不安に感じることはない。落ち着いて考えるんだ。そうすれば自分の状況がはっきりするはずだ。

俺は同じ日常を毎日繰り返しているのではないかと不安になっている。だが、それは何か根拠があってのことではない。そんな気がするだけだ。つまりは気分の問題だ。そんなことは気にしなければいい。

だが、どうすれば気にしないでいられるだろう。延々と同じことを繰り返していないと自分に信じさせるにはどうすればいいのか。

それはさほど難しいことではないのかもしれない。何か一つ証拠を見付ければいいのだ。俺の日常はループに陥っているのではないということを。だが、その証拠はどこにあるんだ？

もちろん、それは俺の頭脳の中にあるはずだ。もし、ループに陥っているとするなら、俺の記憶には限界があるはずだ。例えば昨日の記憶が全くないとしたら、俺は毎日同じ一日を繰り返している可能性が高い。

さて、俺は昨日何をしていただろうか？

もちろん、殆ど今日と同じだ。朝起きて、食堂で飯を食い、つまらない録画のテレビ番組を見て、そして何冊か本を借りて部屋に戻った。

全く同じ日を繰り返しているように見えるが、実はそうではない。食事も見たテレビ番組も今日と違っていたし、借りてきた本も今日とは違う。そもそも、昨日はあのいけすかない老人と議論などしなかった。

サブロウはほっとした。

俺は同じ一日を毎日繰り返している訳ではない。

だが、その前の日はどうだ？　もし、ループの周期が二日だとしたら？

一昨日《おととい》のことは昨日のように簡単には思い出せなかった。だが、ぼんやりとは思い出せる。それは今日とも昨日とも違う一日だった。

では、その前の日はどうだろう？

さすがに三日も前だとそう簡単には思い出せない。だが、それを以《もっ》て、自分は三日周期で同じ日々を送っている証拠にはならない。そもそも正確に数日周期で同じ日が訪れるのなら、他の老人たちもまた全員同じ周期でないとおかしなことになってしまう。そんな偶然はあり得ないだろう。

しかし、記憶に限界がある限り自分の精神の健全性は証明できないのではないか？　記憶以外の方法が必要だ。例えば、日記のような。そうだ。俺なら日記を書くことを思い付くはずだ。

いや。確実に俺は日記を付けている。少なくとも昨日は日記を書いた記憶がある。

サブロウは自室にある机の引き出しを開けた。

そこには日記帳があった。

書き込まれている最後のページを開けてみた。そこには記憶通りの昨日の出来事が書かれていた。もちろん、それを書いた記憶も確かにある。

その前のページを見ると、やはり記憶通りの一昨日の出来事が書かれている。さらに、ページを遡《さかのぼ》ると、記憶はどんどんおぼろげになるが、そのようなことを何となく覚えているという認識はあった。

最初の日記はどんなだろうと、初めのページを開いた。

拍子抜けなことにそこには普通の日記が書かれていた。極普通の日常だ。朝起きて、何を食べて、何を見て、何を読んだか。それだけを見れば不思議でも何でもない。だが、その位置を考慮すると、その日記は異常だった。

施設に来て初日に書く日記としては、非常に不自然だ。誰でも最初の一日は抱負なり印象なりを書くはずだ。それなのに、まるでここに十年暮らしているかのような無味乾燥な日記が書かれている。

つまり、これは初日の日記ではないのだ。最初のページに書かれているからといって、最初の日記とは限らない。これが二冊目の日記なら最初のページから普通の日常が書かれていても不思議ではない。いや。二冊目どころか、これが百冊目なのかもしれない。だとしたら、他にも日記があるはずだ。

机の引き出しの中にはこれ以外の日記帳はなかった。

だとしたら、他の場所にしまってあるのか？

サブロウは部屋の中を隈《くま》なく探した。だが、日記帳らしきものは見付からなかった。だとしたら、この部屋以外のどこかにしまってあるのか。それとも、廃棄したか。

日記を廃棄することはあり得ないことではない。だが、それはたいていの場合、日記を書くこと自体をやめてしまう場合だ。これだけ、毎日几帳面《きちょうめん》に日記を付ける人間が過去の日記をそう簡単に処分するとは思えない。だとすると、どこかにしまってあるということになる。

あるいは、自分以外の人間が持ち去ったか。

この部屋はふだん鍵《かぎ》を掛けてはいるが、ここの職員は合鍵を持っている。いつでも、持ち出せるはずだ。

ここの職員が持ち出したとなると厄介だ。

サブロウはうんざりした。

この施設の職員は贔屓《ひいき》目なしに非常に有能だと言えた。入居者それぞれの一挙手一投足を見て、各人の状態を的確に把握するのだ。例えば、いつもより僅《わず》かに動作が緩慢だと感じたら、すぐさま体温や血圧、心拍数を測り、安静にさせたり、投薬したりと必要な処置をとる。食事も各人の健康状態や嗜好《しこう》によって細かく配慮されている。それでいて、日々のスケジュールは画一的ではなく、各人の生活パターンに対して臨機応変に変更が加えられている。

本来なら、至れり尽くせりで、何の不満もないはずだ。だが、サブロウを含む入居者の何人かは強烈な不満を抱えていた。

職員たちとコミュニケーションが成立しないのだ。彼らは日本語を話さない。ひと言も。

彼らは未知の言語を使うのだ。入居者の殆どが日本語を母国語としているこの施設で日本語を話す職員が一人もいないというのは異常事態と言ってもいいだろう。

職員たち同士で会話をしているところを見ると彼らの間でのコミュニケーションには問題がないらしい。

入居者の中には英語や中国語や韓国語を操る者もいたが、彼らにとっても全く未知の言語らしい。

彼らは一様に日本人よりやや浅黒い肌をしていたが、人種の特定は容易ではなかった。白人、黒人、東洋人、オセアニア系など様々な人種の特徴のすべてを持っていたからだ。

サブロウは彼らの言葉や身振りを注意深く観察して、なんとか会話の糸口を摑《つか》もうとしたが、全くお手上げだった。普通の言語なら、外来語を取り入れているはずだが、それらしき単語は見付からなかった。

日本語で話し掛けても既知の外国語で話し掛けても彼らの返事は常に未知の言語だった。ただし、彼らの対応は常に的確なので、実は日本語や英語を理解できているのではないかと感じることもある。ただ、こちらが何ら言葉を発しなくても彼らは各人に的確に対応しているので、こちらの言葉を理解していない可能性もあった。

　向こうがこちらの言葉を話す気がないなら、こちらが向こうの言葉を覚えよう、と思い立った入居者は何人かいたが、職員たちは自分たちの言葉を教えるつもりは全くないようだった。職員たちの言葉と動作から単語の意味を推定して、話し掛けても、何の反応もなかった。普通、外国人が自分たちの言葉を片言でも喋《しゃべ》ったら、嬉《うれ》しそうな反応をしそうなものだが、彼らは日本語で話し掛けられたのと全く同じように無視するのだった。

　いったいここは何の施設なんだ？

　サブロウは疑問を感じ、ここに入ったいきさつを思い出そうとする。

　だが、どうもはっきりしない。何となく、慌ただしく、いろいろな手続きをしたような気がする。自分一人でやったような気もするし、誰かに手伝って貰《もら》ったようにも思う。

　はっきり思い出せないということはやはり何らかの記憶障害があるのだろうか。ひょっとしたら、ここに来た当初は症状が相当酷《ひど》く、それが最近になって改善してきたということはないだろうか？

　そもそもこの施設は何だ？　日本語も英語も全く解さない、もしくは解さないふりをしている職員に老人たちの面倒を見させるなんて。これは何かの実験なのだろうか？　だが、そんな実験に参加することに同意したつもりはない。もしくは同意したことまで忘れているのだろうか？　たとえそうだとしても、現時点でその意思がないのだから、このような扱いをされる謂《い》われはない。

だが、現状を抜け出す方法は全く思い付かなかった。職員たちに文句を言っても何の反応もない。入居者たちと話し合うこともあるが、みんなサブロウと同じくこのような状態に陥った理由については皆目わからないようだった。

現状については、ぼんやりとした認識はあった。

自分の年齢はおよそ百歳程度だ。九十何歳なのか、百何歳なのかはわからない。だいたいそのぐらいだ。他の入居者もその程度だろう。もっとも齢《とし》のとり方は個人差が大きいので、ずっと若い者や遥《はる》かに高齢の者もいるかもしれない。

場所はおそらく京都の郊外だ。どこだとは言えないが窓から見える山の景色もそんな様子だ。

他の入居者に訊《き》いてみても、だいたい同じような答えが返ってくる。中には東京近郊だとか外国だとか言う者もいるが、少数意見なのでたぶん勘違いだろう。

今まで何度かいったん家に帰らせてくれとか、施設の外に出してくれとか、職員に頼んだ記憶はあるが、いつもは勘のいい彼らがそのときは何の反応もしなかった。

奇妙なことはまだあった。サブロウが覚えている限り、新しい入居者は一人もいなかったのだ。それだけなら、ただ単にサブロウが覚えていないだけかもしれない。だが、入居者の家族などの面会が全くないのは腑《ふ》に落ちないことだった。しかも、サブロウ以外の入居者がそのことにあまり疑問を持っていないことも不思議だった。

意図的に閉じ込められているとしたら、人権上問題がある。だが、職員にそう主張しても何の反応もない。入居者同士で話し合っても解決策は見付からず、諦め気味だ。

サブロウは苛立ちを感じていた。

このようなことがいつまで続くのか？　ひょっとして一生続くのか？

自分の寿命がどのぐらい残っているのかわからないが、どれだけ短くても残りすべてをここに閉じ込められて過ごすのかと思うと、サブロウは心底うんざりするのだった。

しかし、この状況から逃げ出すには、何をどうすればいいものか。

何も思い付かないサブロウは仕方なく、日記帳を目の前でぱらぱらと捲《めく》った。

何かが目に入った。

どこかのページに何か書いてあったような気がした。もちろん、どのページにも文章が書かれているのだが、それとは違う何かが書かれていたのだ。

何がどう違うか、うまく言葉にはできないが何かが違っていた。

サブロウは日記帳のページを一枚ずつ確認した。だが、どのページにも特に奇妙なものは書かれていないように見えた。文字も多少の濃淡はあるが、全部同じ筆跡に見えた。

気のせいだったか。何か新しいことが始まりそうな気がしたのに。

サブロウはまた日記帳をぱらぱらと捲った。

このメッセージに気付い……

何だ、今のは？　今、俺はページをぱらぱらと捲っていた。特定のページを見ていた
訳ではない。それなのにどうして、文章が読めたんだ？
サブロウは気を落ち着けて、もう一度ページを捲った。
ページを捲るたびに、ぱっぱっぱっと文字が目の中に飛び込んでくる。一ページに一
文字だけ、微妙に色の濃い文字があり、ページを素早く捲るとそれが連続して見えて文
章になるのだ。
まるで、子供の頃見た『ルパン三世』のオープニングみたいだ。そして、これは暗号
だ。
サブロウはそう思い、少しわくわくした。
いったい誰からの暗号かはわからない。だが、俺の日記帳に仕組んだということは、
俺向けの暗号に違いない。
サブロウははやる気持ちを抑え、ドアの鍵を確認し、窓のカーテンを閉めた。部屋の
中に隠しカメラなどは見当たらないが、もしあるとしたら簡単には見付からないように
しているはずだ。
ベッドに寝転がり、顔の上に日記帳を翳《かざ》す。この角度ならベッドの中にカメラを仕込
んでない限り、撮られることはない。他の角度から見ると、ただ単に寝転がって自分の
日記帳を読んでいるようにしか見えないだろう。

もう一度ぱらぱらと捲る。

このメッセージに気付いたら、慎重に行動せよ。気付いていることを気付かれるな。ここは監獄だ。逃げるためのヒントはあちこちにある。ピースを集めよ。

それだけだった。もう一度角度を変えたり、捲るスピードを変えて何度も確認したが、それ以上の文章は見付からなかった。

何だ、これは？　これでは、暗号を解いたら、「これは暗号だ」という文章だったようなものじゃないか。ただの悪戯《いたずら》か？

いや。そうじゃない。暗号だとしたら、それは暗号を送りたい相手以外には知られてはいけないはずだ。この暗号システムは一種のコロンブスの卵のようなものだ。ここに暗号があるとわかっていない状態では、まず見付からないが、一度気付いてしまうと簡単に読めてしまう。大事なことを書く訳にはいかないはずだ。

だとしたら、なぜこの暗号は仕掛けられたのか？　暗号があるということしか伝えられないのに。

そうか！　これはまさに暗号があるということを俺に伝えたかったんだ！　「ヒント」「ピース」というのは、おそらく別の暗号のことだ。「敵に知られる可能性があるからここにすべては書けないが、重要なことは他の暗号に書いてあるからそれを探せ」という意味なんだ！

敵？　敵って誰だ。

サブロウはもう一度暗号文を読んだ。そこには「敵」とはひと言も書いていない。だが、暗号で書かれている時点で「敵」を想定していることは間違いない。

ここが監獄なら、職員たちは獄卒だ。おそらく暗号作成者が想定している「敵」は職員たち、もしくは職員たちの上位に立つ者だろう。

慎重に行動せよ。

職員たちが「敵」だとしたら、周囲は敵だらけだ。多勢に無勢ではどうしようもない。いや。無勢とは限らない。職員の数はせいぜい二十数名だ。それに対し、入居者の数は百名以上いそうだ。一斉に蜂起《ほうき》すれば、老人といえども制圧できるのではないだろうか。

……本当に？

焦りは禁物だ。まず状況を分析し、それから戦略を練るべきだ。

職員たちはすべて繋《つな》がっていると考える必要がある。それに対し、入居者側は未組織の段階だ。ここが監獄であるという事実を伝えて仲間を増やすにもある程度の日にちが掛かる。職員たちが日本語が理解できないと安心してはいけない。彼らが「敵」だとすると、当然ながら日本語を理解できないふりをしているだけの可能性が高い。入居者の説得は職員たちがいないときにこっそり行う必要がある。

2

施設内は自由に動き回ることができた。もちろん、認知症の症状が酷い者や身体を自由に動かせない者は常に職員の保護下にあったが、サブロウにはそのような介護は必要なかったのだ。

ただ、自由に動き回れるとはいえ、職員専用の領域には立ち入ることはできなかったし、建物の外へも出られなかった。外へのドアは指紋認証のような仕組みでロックされているらしい。その代わり中庭は自由に出ることができた。

「そこの人」サブロウは職員一人一人の名前がわからないので、そのように呼び掛けていた。「ちょっと外の様子を見たいんだが、外に出してくれないか?」

女性職員は一瞬微笑んだ後、サブロウから離れていった。

「いや。俺の言うこと、わからないのか? 外に出たいんだよ」

だが、職員は振り返って微笑んだだけで、そのまま立ち去っていった。

これは予想できたことだ。とりあえず、正攻法では駄目らしい。

サブロウは毎日食事や入浴の時間以外は中庭を電動車椅子で散策することにした。外に出るためのヒントが何かないかと探しまくったのだ。

それは、いつもサブロウが座っているベンチの板の隙間に挟まっていた。小さな朱色の指貫《ゆびぬき》のように見えた。なぜそんなものがここにあるのか、説明が付かなかった。サブロウが自分の定位置としていた場所なので、彼以外の入居者が気付くことはまずないと思われた。

きっとこれは暗号に書かれていたピースなんだ。

サブロウはそう直感した。近くに職員がいないことを確認して、それを摘《つま》み上げた。

指貫は全部で六つあった。

全部の指に嵌めて使うのだろうか？

サブロウは慎重に指貫を確認した。老眼のため、近くはよく見えないが施設内には読書用の拡大鏡があちこちに用意されている。サブロウはその一つを常に持ち歩いていたのだ。

一見、それは何の変哲もないゴムの指貫にしか見えなかった。だが、サブロウはその表面――指の腹に相当する部分に微細な渦巻き模様があることに気付いた。

指紋だ。

サブロウはできるだけ汚さないように六つの指貫をポケットに収めた。そして、何食わぬ顔で広間に戻った。広間の端のソファに座れば、出入り口を見張ることができるのだ。そこで、出入り口近くから人がいなくなるのを待って、ドアに近付いた。

ドアの開閉が記録されていたり、監視カメラで撮影されている可能性はあるが、何か事件でも起こらない限り、記録を確認することはないだろうと思い、トライすることにした。もし、警報が鳴ったとしても事態がこれ以上悪化することはない。多少監視が厳しくなるぐらいだろう。そのときはまたほとぼりが冷めるのを待てばいい。

サブロウは職員がドアのすぐ横にあるパネルに人差し指を当てていたのを見ていたので、自分の指に指紋指貫を嵌めてパネルに当ててみた。

目を瞑《つぶ》って警報が鳴るのを覚悟したが、そんなものは鳴りはしなかった。その代わり、ドアが音もなくすっと開いた。

サブロウは躊躇《ためら》うことなく、電動車椅子を動かし、外に出た。背後でドアが閉まる。自動なら当然の動きだが、サブロウは少しどきりとした。

地面は舗装されてこそいなかったが、比較的平らだった。車椅子でも問題なさそうだ。施設の周辺は中庭とほぼ同じような状態だったが数十メートル先は森になっていた。建物の外に森があることは窓からの景色で知っていたが、その中に入ることは想像していなかった。

森の中に入るべきだろうか？　このまま脱出して、街まで行って、誰かにこの施設のことを訴えればすべては終わるのだろうか？　だが、この森の中をどちらの方角にどれだけ進めば街があるのか。その知識は全くなかった。下手をすると、そのまま森の中で迷って遭難してしまうかもしれない。せめて携帯電話でもあれば、助けを呼べるのだが、もちろんそんなものはなかった。

森の中に入るより、まず施設の周りを調査すべきなのかもしれない。だが、施設の周りをうろうろしていたら、職員に見付かる可能性がある。これは千載一遇のチャンスなのかもしれない。

サブロウは唇を嘗《な》め、そして決心した。

森の中を少しだけ進もう。案外百メートルも進めば、別の建物か大きな道路があるかもしれない。もし、百メートル進んで何も見付からなかったら、そのときは施設に戻ろう。

サブロウは電動車椅子をスタートさせた。

森の中は結構暗かったが、木々の密度はそれほど高くなさそうで、なんとか車椅子でも進めそうだった。

よし、あと三メートルだ。

突然、車椅子は停止した。

どうした？　故障か？

サブロウはスイッチを何度も入れ直したが、反応しなかった。

これはまずいかもしれない。ここで立ち往生していたら、いずれ職員に見付かってしまう。

一か八かサブロウはスイッチをバックに切り替えた。

何事もなかったように、車椅子は後退し始めた。十メートル程バックしてから前進に切り替えると、また進み始め、ハンドル操作もできた。

ああよかった。一時的なトラブルだったようだ。

サブロウはまた森に向かって進み始めた。

また、森の三メートル手前で、車椅子は停止した。

今度は慌てずにバックしてみる。

車椅子は動き出した。

ああ。そういうことか。

サブロウはしばらく車椅子を操作し、森へ三メートル以内に近付くと、モーターが停止することを発見した。

つまり、これは安全装置らしい。万が一、入居者が電動車椅子で外に出てしまっても、森の中に入ることはできないのだ。もちろん、歩いていけば、森の中に入ることはできるだろうが、サブロウは百メートル程も歩く自信はなかった。もし途中で歩けなくなったら、職員に助けを求めるしかない。助けが来ればまだいいが、誰にも気付かれなかったら、森の中でのたれ死ぬことになる。

重要なのは結果ではなくやるべきことを行動に移すことだという考え方なら、これで満足すべきなのかもしれない。だが、百歳まで生きたなら、命にもそれほど未練はない。せっかくここまで施設の秘密に迫ったのだから、死ぬまでに全貌《ぜんぼう》を摑みたい気がする。

それにサブロウには大きな強みがあった。「協力者」の存在だ。少なくとも彼もしくは彼女は職員たちを出し抜き、自分にコンタクトをとってきた。それは非常に心許《こころもと》ない方法だが、「協力者」の助力で、サブロウは施設の建物からの脱出に成功したのだ。そして、森には入れないまでもこの車椅子の仕掛けに気付かせてくれた。「協力者」が車椅子の仕掛けに気付いていなかったとは考えにくい。施設から脱出させてくれたのは、車椅子の仕掛けに気付かせるためだったと考えた方がしっくりくる。だとすると、次にしなくてはならないのは、森の中に入る方法を見付け出すことだ。

サブロウは電動車椅子を操り、施設の建物の中へと戻った。出たときと同じ指貫を使ってドアを開ける。別の指貫には別の指紋が描かれており、出ていった人間と戻ってきた人間の整合性がとれなくなり、ドアを管理するプログラムが異常と判断するのを防ぐためだ。

とりあえずは次の戦略を立てなくてはならない。

サブロウは部屋へと向かった。

今回得た知識をメモにして残しておきたいが、迂闊《うかつ》なことはできない。職員たちに勘付かれないため、大事なことはすべて頭の中にしまっておかなくてはならない。自分の記憶力にはやや不安があったが、なんとかやり遂げるのだ。きっと、「協力者」も手助けをしてくれるはずだ。心配ない。

サブロウは相当わくわくしている自分に気付いた。

3

建物の外に出る冒険を決行して、二日が経った。特段、変わったことは起きていない。突然、部屋に職員たちが押し入ってきて、拷問されるようなことが起きるのではないかとひやひやしていたが、そんなことはなく全く日常のままだった。

可能性としては二つ。

一つ目は、見掛け通り、今回は職員に気付かれなかったというもの。あり得ない幸運のようにも思えるが、そもそもここの入居者が脱走するなどという可能性は想定していないのかもしれない。万が一、そんなことがあっても、車椅子にあったような脱出を防ぐ安全装置がある。おそらく徒歩で動ける者に対しても、何らかの安全装置があるのだろう。人間というものは楽をしたがるものだ。滅多に起こらないことに神経を尖《とが》らせていては楽ができない。可能性の低い危険はないものとして扱うと、仕事は相当に楽になる。

二つ目は、職員たちは気付いているが、気付いていないふりをしているというものだ。なぜ気付かないふりをしているのか？　理由はいくつか考えられる。

①老人が建物から脱出できたとしても、それだけのことだ。こいつはどこにも行けない。だから、たいしたことではない。そのまま放っておけ。

②こいつはどうやって、脱出方法を思い付いたのだろう？　何か原因があるはずだ。しばらく観察してみよう。
③どうやら、こいつには協力者がいるようだ。しばらく泳がせて、協力者を炙《あぶ》り出そう。

サブロウには職員たちが気付いているのかどうか、あるいは気付いていたとして、どんな理由で気付いていないふりをしているのか、全く見当が付かなかった。

しかし、考えていても結論は出ない。気付いていないのなら、このまま次の作戦を考えるべきだろう。もし泳がされていたとしても、次の作戦を考えるしかない。作戦を立てても無駄になるかもしれないが、作戦を立てなかったら、そもそも事態は打開できないのだから。

さて、脱出するとして、一人で決行するか、仲間と共に決行するか。

仲間を作った場合、職員にばれる公算は高くなる。だが、「三人寄れば文殊《もんじゅ》の知恵」という諺《ことわざ》もあるぐらいだ。仲間がいれば、問題解決の力になるはずだ。

サブロウは悩んだ末、脱出するための仲間を作ることにした。

彼は大広間や中庭を回って、入居者たちの様子を観察した。

必要な条件は、精神状態がはっきりしていること、身動きがある程度自由にとれること、視力や聴力が極端に弱っていないこと。会話が可能なこと。柔軟な性格であること。サブロウを嫌っていないこと。好奇心が強いこと。怪しい言動がないこと。

好奇心は脱出にあまり関係がないようだが、そもそも好奇心がないと脱出へのモチベーションを持たないだろう。

最悪なのは、敵の内通者へコンタクトしてしまうことだ。内通者がいるのかどうかすらわからないが、用心しておくに越したことはないだろう。

サブロウは一週間掛けて十人程の候補者を選んだ。そして、さらに一週間掛けて候補を二人に絞った。

大勢いればいいというもんじゃない。まずは信頼できる少人数から始めるのだ。

4

一人目の候補は老人たちの中心となって、快活に様々な取り組みを行っている老婦人だ。おそらく、彼女は何らかの介護施設で働いていたのだろう、とサブロウは推測していた。老人たちのあしらいがとてもうまいのだ。殆ど職員に見えるほどだった。

「エリザさん」サブロウは思い切って声を掛けた。

「はい。なんですか?」エリザは上品そうに微笑んだ。彼女は多少脚が不自由な様子で、自分の部屋と広間の往復などには車椅子を使っていたが、日常的に歩くことにはそんなに問題はなさそうだった。「ええと、お名前は何だったかしら? 最近、物覚えが悪くて……」

サブロウは、まず自らを名乗った。

「話すのはこれが最初ですから、わたしの名前をご存知なくて当然です。わたしがあなたの名前を知っていたのは、あなたと他の方との会話を聞いていたからです」

「まあ、そうでしたの」

エリザはサブロウの言動に特段不審は抱かなかったようだった。第一印象はそれほど悪くなさそうだ。もちろん、知り合ってすぐに嫌悪感を示すような人間は少ないし、そのような反応がもしあったのなら、それ以上接近すべきではないだろう。

さて、次の段階だ。いきなり本題に入るべきか、それとも少し時間を掛けて関係性を作るべきか。

自分に残されている時間がいくらあるかわからないうえに、脱出計画の遂行にどれだけの日数が掛かるかもわからない。できれば、さっさと話を進めたいところだ。だが、初対面でいきなり突拍子もないことを話したりしたら、警戒されてしまうかもしれない。単に距離を置こうとするだけならまだしも、最悪職員に通報されてしまうかもしれない。もちろん、職員たちは日本語がわからないという体裁だが、実際のところ、日本語を理解していると考えて間違いはないだろう。もし、彼らにサブロウの考えていることが知られたら、脱出はほぼ絶望的になってしまう。

「この施設に入られてどのぐらいになりますか？」サブロウは何気ない会話から始めた。

「ええと。今すぐ、はっきりした年数はわかりませんが、もし正確な数字がご入り用ということでしたら、書類か何かに書いてあるかもしれないので、部屋に戻って調べてきますが……」

「いえ。そんな正確な話ではありません。だいたいのところで結構です」

「そうですね。……はっきりとはしませんが、たぶん二、三年というところではないでしょうか」

「わたしのことはご存知でしたか？」

「お名前は存じ上げませんでしたが、お顔の方は見知っておりましたわ」

「エリザさんが入所されたときにわたしはもういましたか？」

「どういうことでしょうか？」

「いえ。大した話ではないのですが、最近物覚えが悪くなってきて、自分の記憶に自信がないのですよ。だから、他の人の話と照合して、自分の記憶を確認しようと思うのです」

「……わたしも記憶に関してはあまり自信がないのです。それに、失礼ですが、入所当時は顔見知りではなかったので、記憶に留めていなかったと思うんです。だから、申し訳ないのですが、あなたがいついつからおられたとは、言える状況にはありません、とお答えするしかないですね」エリザは悲しそうな顔をした。

「いえ。すみません。わたしの言い方がまずかったようです。そんな厳密な話をしている訳ではないのです。ただ、何となく自分の記憶が不安で、他の人と話をしてみたかっただけなのです」

「お互い齢をとると、不安になりますものね」エリザは何の不審も抱かずにサブロウの言葉を受け入れているようだった。

「まあ、過去のことはどうしようもないですが、これからのことは互いに助け合うということでどうでしょうか？」

「助け合うとは？」

「記憶の補完です。時々、こうやってお話しさせていただければ、互いの記憶の摺《す》り合わせもできますし、話すことで互いの記憶の確認もできます。そうすれば記憶は多少鮮明になるのではないかと思ったのです」

「記憶を鮮明にしたいんですか？」

この質問にサブロウはどきりとした。記憶を鮮明に保ちたいと願うのは自明なことだと思っていたので、返答に困ったのだ。

どう答えればいいのだろうか？

「あの。もしご迷惑だということでしたら、もう話し掛けたりいたしませんが……」

「そういうことではないんです」エリザは言った。「純粋にお聞きしたいと思ったのです。記憶を鮮明に保つことが幸せなのかどうか」

「そうでないと思われるのですか？」

「人は何もかも鮮明に記憶しておくことはできません。それはつまり、覚えていなくてもいいことは忘れるようになっているということではないでしょうか？」

「そういう考えもあるでしょうね。でも、何を覚えていて何を忘れるかということは、自分では決められないですよね」

「実は自分で決めているのかもしれませんよ」

「そんなことは……」

不可能だ。

サブロウはそう言おうとした。

だが、本当にそうだろうか？　ある記憶を消したいと思ったなら、その思った記憶すら消さないと意味がない。だとすると、消そうとした事実は記憶に残らないことになる。

サブロウは混乱しそうになったので、思考をリセットすることにした。

「わたしとあなたが記憶の補完をし合ったら、忘れなくてはならない記憶を忘れられないかもしれないということですね。でも、もし本当に忘れなければならないことがあるのなら、何をしようともきっと忘れてしまいます。だから、あなたとお話しさせていただいても、問題はないと思います」

「そうかもしれないですね」エリザは少し首を傾げた。「そして、そうでないかもしれないですね」

「記憶のことに関しては、忘れていただいて結構です。年老いた頭で複雑なことを考えるのは骨が折れますし」サブロウは笑った。「わたしが言いたかったのは、もしご迷惑でなければ、こうして時々お話しさせていただけないかということです」

「もちろん結構ですよ」エリザが言った。「念の為に言っておきますが、今の『結構』というのはノーサンキューの意味ではなく、OKということです」

その日から、サブロウはエリザと話すようになった。そして、この施設のことや職員の正体について、時折疑問を投げ掛け、相手の反応を見ながら少しずつ話題にする頻度を上げていった。

「わたしも正直なところ、ここに来た経緯はよく思い出せないわ」ある日の夕方、中庭で夕日を浴びながら、エリザが言った。

二人は今ではすっかりため口で話す仲になっていた。

「それって妙だとは思わないか？　そんな大事なことを忘れるなんて」

「妙だとしたら何なの？」

「俺たちは記憶を消されたのかもしれない」

「いったい何のために？」

「ここは何か特別な施設で、そのことを俺たちに悟られないためにさ」

「ふふふ」エリザは声に出して笑った。「昔の少年向けドラマみたいね。でも、ここは異能の青少年を集めた施設なんかじゃない。ここにいるのは高齢者ばかりだわ」

「高齢者が特別でないという訳ではないだろう」

「でも、わたしたちの何が特別だというの？　みんな普通の老人ばかりだわ」

「しかし、俺たちの記憶が不鮮明なことの説明が付かない」

「本当にそれが特別なことなのかしら？」

「それはそうだろう。大事なことが思い出せないんだから」

「そんなものなのかもしれないわ」

「そんなものって？」

「わたしたちは、みんな、あなたも含めて若いままの気持ちでいるだけなのよ」

「いや。そんなことはない。ちゃんと齢相応の考え方をしている」

「大事なことは全部覚えている、っていうのも思い込みかもしれないわ。そうじゃないって言い切れる？」

「だって、大事なことを忘れるっておかしいじゃないか」

「それは若い人の話よ。わたしたちはね、老人力が漲《みなぎ》っているの。だから、大事なことでも忘れることができるのよ」

「『忘れることができる』って、随分楽観的な物言いだね」

「大事なことを覚えていても何も得なことがないなら、忘れてもいいってことよ」

「いや。入所の理由を忘れてもいい訳がない」

エリザは少し考えてから言った。「それが何か嫌なことであったとしても？」

サブロウは少し驚いた。ここに入った理由が嫌なことだとは思ってもみなかったのだ。

ひょっとすると、子供たちが自分の世話をするのを苦に思って、ここに押し込んだのかもしれないが、たとえそうだとしても、そのことを嫌だとも思わないし、子供たちを恨む気もない。

だがもし……。

サブロウは改めて考えた。

高齢者施設に入るのが嫌な理由とは何だろうか？

突然、一つの考えを思い付いた。

ここが刑務所、もしくは刑務所に準ずる施設だとしたら？　つまり、ここに収容されているのは、何らかの触法老人で、刑罰の一環としてか、もしくはすでに刑罰を科すことができるような状態でない者たちの収容場所なのではないか？

もちろん、すぐにそれに対する反証は思い付く。だが、一度芽生えた不信感はもう拭《ぬぐ》い去ることはできないかもしれない。

「嫌なことであってもだ」サブロウは言い切った。「もし万が一、俺たちの過去に後ろめたいことがあったとしても……いや、あったのならなおさらそれを白日の下に曝《さら》さないといけないだろう」

「あなたは勇気があるのね」

「勇気とはちょっと違うな。むしろ好奇心に近……」サブロウは口を噤《つぐ》んだ。一人の女性職員が二人に近付いてきたのだ。

「どうしたの、急に黙って？」エリザは職員が近寄ってくるのに、気付いていないらしい。

「ひょっとして、あなたはわたしたちが何か悪いことをしてここに入れられたと思っているの？　だとしたら、ここの職員は看守なのかしら？」

職員は、もし日本語が理解できるなら、確実に聞こえたであろう距離にいた。

サブロウは緊張で胸が潰《つぶ》れそうになった。

いや。大丈夫だ。今の言葉に核心的な内容は含まれていない。そもそもまだ彼女には脱出計画は伝えていないのだから、何の心配もない。

職員は未知の言語で話し掛けてきた。

エリザは漸《ようや》く職員に気付いたようだった。しかし、慌てるでもなく、笑みを見せた。

「何、お嬢さん、わたしたちにご用？」

職員はサブロウとエリザを交互に眺め、そして何かを嬉しそうに話し、去っていった。

「何だ、今のは？」サブロウは緊張の糸が切れ、身体から力が抜けた。車椅子に座っているのではなく立っていたら、きっとその場に崩れ落ちていただろう。

「あら、わからなかった？　『あなたたち、とても仲が良くて、羨《うらや》ましいわ』って言ったのよ」

「つまり、冷やかしたってことかい？」

「ええ。そうよ」

「驚いた」

「職員さんたちだって、冗談ぐらい言うわよ」

「いや、そういうことじゃなくて、君が彼らの言葉を理解しているってことに、驚いたんだ」

「彼らの言葉を理解？　いいえ。言葉はわからないわ」

「だって、今彼女の言葉を通訳してくれたじゃないか」

「今のは言葉でわかったんじゃないわ。口調と身振りから、推測したのよ」

「じゃあ、推測で言っただけか？　確証はないってことか？」

「そうよ。でも、たぶん当たっているわ」

「俺もたぶん当たっているような気がしてきたよ。でも、勘を信じていいものかどうか……」

「勘は馬鹿にできないわ。言葉で論理的に説明できないだけで、脳の中ではちゃんと計算ができているのよ」

「でも、言葉にできなければ、本当に正しいか検証するこ……」サブロウは突然話をやめた。

「どうしたの？」エリザは周囲を見た。

「誰かに見られている」

「もう職員さんは近くにいないけど？」

「職員じゃない。何か別の……」

「別の何？」

二人は影に包まれた。だが、周りには誰もいない。

上だ！

サブロウが見上げた瞬間、影が飛び去った。あまりに素早かったので、サブロウの動体視力では、その姿を捉《とら》えることはできなかった。

エリザも空を見上げた。

もう何もなかった。

「どうかした？」

「一瞬、何かが俺たちの上にいた」

「雲が通り過ぎたってこと？」

「いや。もっと低い位置だ」

「それじゃあ、きっとドローンよ」

ドローン。久しぶりに聞く単語だ。そう。確かにそんな機械が存在した。

「この施設でドローンを見掛けたことなんかあったかい？」

「いいえ。でも、飛んでいても不思議ではないでしょ？」

「何のためにそんなものを飛ばすんだ？」

「さあ、屋根の様子でも調べたかったんじゃない？　メンテナンスも必要でしょうし」

あれはドローンなどではなかった。少なくとも俺の知っているドローンではない。

全身からだらだらと汗が噴き出してきた。

あれは意思を持った存在だった。確実に俺たちを監視していた。

だが、今、敢《あ》えてそれをエリザに伝える必要はない。

「そうだ。たぶんそういうことだろうな」

今のが敵だとは限らない。

サブロウは自分に言い聞かせた。

俺を見張るなら、職員を使うのが合理的だ。だとしたら、あれは俺に何かを伝えにきた「協力者」なのかもしれない。

「どうしたの？　汗でびっしょりよ」エリザが心配そうに言った。

サブロウは無言で汗を拭った。

汗が止めどもなく出てくるのに、寒気が止まらなかった。

5

サブロウが次に仲間として目を付けたのは、書架の前でよく出会う男性だった。足腰は結構丈夫なようで、車椅子から立ち上がり、杖も使わずに立ったまま、本を探していた。

その日の夕食後も五冊も本を抱えたまま、さらに本を見繕っているようだった。

サブロウが彼を仲間にしようと思ったのは、知的好奇心が旺盛《おうせい》だというところと、人生を前向きに楽しもうという意思が感じ取れたからだ。

「本が好きなのかい？」サブロウが話し掛けた。

六冊目を取ったその男はしばらくきょとんとしていたが、少し片方の眉《まゆ》を吊《つ》り上げて言った。「そんなことは考えたこともなかったが、そう言われれば本が好きなのかもしれないな」

「好きだと思うよ。ここに来ればいつでも、本を読むことができるのに、わざわざ自室に本を六冊も持っていこうっていうんだから。そんなことは本好きしかしないいさ」

「いや。六冊ぽっちじゃ足りないんだけどね」

「つまり、今から部屋に戻って、朝食までに七冊以上の本を読む訳だ」

「いや。さすがにそんなことはないさ。ただ、同じ本をずっと読んでいると退屈するので、複数の本を並行して読む癖があってね」

「そんなことをして混乱しないか？」

「十冊程度なら、大丈夫だ」男はまた片眉を吊り上げた。

なんだかミスター・スポックみたいだな。

サブロウはＳＦドラマの登場人物を思い出した。

もし、彼と同じような能力を持っているとしたら、脱出の折りには、とても役に立つだろう。もちろん、そこまでは期待し過ぎだろうが。

「あんたは一度読んだ本のことを忘れることはないかい？」

「一度読んだ本を忘れる？」男は顎《あご》に指を添えて考えた。「それは内容をすべて一字一句記憶できないという意味かな？」

「まさか、とんでもない。その本を読んだか、読んでないか、覚えてないという意味だ」

「君はそうなのか？」

「恥ずかしながら」

「別に恥ずかしいことはないだろう。物凄《ものすご》い読書家で一日何十冊も読めば、そういうこともあるだろう」

「いや。俺が読めるのはせいぜい二、三冊がいいところだ。たいていは一冊読めるかどうかという感じだな」

「ふむ」男はまた顎に指を添え、そしてサブロウの顔をじろじろと見た。「だとしたら、それは年齢からくる記憶力の減退が原因の可能性が高いな。君は何歳ぐらいかな？」

「おおよそ百歳ぐらいじゃないかと思うんだ」

「なるほど。自分の年齢が明確でないということは、ますます記憶力が減退している可能性が高いね」

この男は随分と頭脳明晰《めいせき》なようだ。記憶の混濁もなさそうだ。

「ところで、あんたはここに入所したときのことを覚えているかね？」

「ここに入所したときのこと……」男はまた顎に指を添えた。「……これは興味深い」

「何があったんだ？」

「よく覚えていない。いろいろと煩雑な手続きをした覚えはあるんだが、具体的なことは思い出せない」

「なんだ。あんたも俺たちと同じか」

「興味深い」

「何がだい？」

「わたしの記憶のことだ。なぜ特定の記憶だけが抜け落ちているのか？」

「それは加齢によるものだろう。あんた自身がついさっき言ったじゃないか」

「加齢による記憶力減退なら、遠い昔の記憶が鮮明な割に、直近の記憶が曖昧《あいまい》になるものだ」

「それは人それぞれじゃないかな？」

「もちろんそうだ。だが、わたしは自分の記憶に不自由はなかったのだ。なのに、特定の期間の記憶が曖昧になっている。これはいかにも不自然だ」

「理由はわかるかい？」

「いや。解明するには、情報不足だな」

「解明したいとは思わないか？」

「うむ」男はまた考え込んだ。「非常に興味をそそられるテーマではあるんだが……」

「解明するのに何か問題があるのか？」

「この記憶障害が人為的なものである可能性を考えていたんだ。だとしたら、その処置を施した人物、もしくは組織は我々がその点について探るのを黙って見ていないかもしれない」

何とも鋭い洞察力だ。俺が「協力者」の暗号によって、漸く到達した境地にほんの数分の会話だけで到達してしまった。

なんとしてでも、この男は仲間にしなくては。

「記憶を消したやつらに一泡吹かせたくはないか?」

「それは、その人物、もしくは組織と対立するということか?」

「結果的にはそういうことになるだろう」

そうじゃないと言っても、この男は納得しないだろう。

「なるほど。興味深い」男は片眉を吊り上げた。「我々は圧倒的に不利な状況にある。おそらく相手は我々の情報をすべて摑んでいるが、我々の持つ、彼、もしくは彼女、もしくは彼らに対する情報は皆無だ。そして、我々は常に監視されている可能性がある。ここの職員が敵の手の者だという可能性すらある。というか、その可能性は非常に高いだろう。もし我々の企《たくら》みが敵に知られたら、即、隔離や他の場所への移動などの措置がとられるかもしれない」

「そう。これは危険な試みかもしれない。乗り気でない人間を無理やり引き込む訳には……」

「話に乗った。とても知的で刺激的なことだ」男は手を差し出した。「わたしのことはドックと呼んでくれ。君は？」

「俺はサブロウだ」

「今、自己紹介しようとして気付いたんだが、わたしも自分の年齢が定かではなかった。自分の年齢を忘れさせるなんて、完全に人権侵害だ」

「だいたいのところ、いくつぐらいなんだ？」

「おそらく君と同じぐらいだろう」

「だったら、我々のチーム名はハンドレッズということでどうだ？」サブロウはドックの手を強く握った。

6

サブロウは広間の隅で、悪戦苦闘していた。電動車椅子の操作パネルを剝《は》がそうとしていたのだが、どうも簡単にはいかなそうだった。あまり長く掛かっていると、職員に気付かれるかもしれず、気が気ではなかった。

「どうかした？」背後から突然女が呼び掛けてきた。

サブロウはついに職員に見付かったかと思ったが、職員なら日本語で呼び掛けてきたりはしないと気付いた。

恐る恐る振り返ると、入居者の女性が興味深げにサブロウを眺めていた。エリザとは違い、それほど上品な感じはしなかった。むしろ、気さくに話し掛けてくるタイプだ。眼はまるで思春期前の少女のように悪戯っぽく輝いていた。

「その……」サブロウはどの程度本当のことを言うべきか悩んだ。「車椅子の操作パネルを剝がそうとしてたんですよ」

「具合が悪いの？」

「そのなんというか……」

確かに具合は悪い。森の中に入ろうとすると、止まってしまうのだ。だが、とてもじゃないが、いきなりそんな核心的な話はできない。

「作動原理が知りたくて」

「原理はそんなに複雑じゃないと思うよ。たぶん、モーターのスイッチを入れるだけ。ただし、速度の微調整が利くようにインバータ的なものは入っていると思うけど」

「電気に詳しいんですか？」

「まあね。そっちの研究してたから。学生時分だけど」

ふと、サブロウはこの女性に頼んでみようかという気になった。

「中を開けられますか？」

「開けられるよ」女はちらりと見ただけで言った。「だけど、下手に開けて故障とかしたら、面倒だよ」

「そんなに簡単に壊れるものなんですか？」

「ものによるね。ユーザーが勝手に開けて、中を弄《いじ》られたら面倒なので、わざと開けにくくしているものもある。特別な工具を使わないと壊れてしまうように作っているものもあるよ」

「これもそうなんですか？」

「たぶん、そんな複雑なことはしていない。だけど、勝手に分解すると、メーカーの保証が受けられなくなるかもしれない」

「だとしても、わたしたちは関係ないですよね？」

「ここの使用料に上乗せされるかもしれないよ」

「わたしは払った記憶がないんですが、あなたは払われてるんですか？」

「直接は払ってないさ。たぶん銀行引き落としかなんかなんだろ」

「誰の口座からですか？」

「そんなこと知らないよ。たぶん、わたしのか、それとも娘のだろ」

なるほど。この女性もその辺りのことは知らない訳だ。

「壊れた場合は、わたしが弁償しますから」そして、サブロウは小さな声で続けた。「ただし、なるべくここの職員には見付からないようにやってください。もちろん、万が一見付かってしまったら、わたしが責任をとります」

「ちょっと待ってな」女性はポケットから小さなねじ回しを取り出した。

「そんなもの、いつも持ってるんですか？」

「持ってりゃ、便利だよ」女性は数秒後にはパネルを剝がしていた。「思った通り、単純な構造だ。このプリント基板に必要な部品は全部載っかってる。……ん？」

「どうかしましたか？」

「パッチ型アンテナが入ってる」

「どういうことですか？」

「何か受信しているか、送信しているか、その両方かだよ」

ああ。やっぱり。

サブロウは納得した。

「それ、無効にできますか？」

「単純に動作させなくするんだったら、アンテナを回路から切り離せばいいだけだから簡単だけど、本当にそれでいいのか？」

「どういうことです？」

「この車椅子からの送信もなくなるから、通信相手に回路に手を加えたことがばれちまうかもしれないよ」

「ああ。それはまずいかもしれないですね」

「なんでまた、アンテナを切り離したいんだい？」

「つまり、時々この車椅子はわたしの意に反した動きをするんです。それを回避したいという訳です」

女性はしばらく考えた後、小さく口笛を吹いた。「おいおいおい！　あんた、まさか反乱を企んでるのか⁉」

「どうしてそうなるんですか？」

サブロウは必死で頭脳を働かせようとした。

なんとかして誤魔化さないと……。

「この電動車椅子はこの施設の設備だ。だとしたら、このアンテナと回路を取り付けたのは、施設側だ。違うか？」女性は言った。

「明言はできませんが、たぶんそうでしょう」

「あんたは車椅子があんたの意に反した動きをすると言った。だが、実際は逆なんだろ？　つまり、あんたが施設の意に反した動かし方をしないように、このアンテナと回路が付けられている」

「まあそうなんでしょうね」

「それをはずしたいってことは、つまり、あんたが施設の意に反した動きをしたいってことだ。それも、こっそりと。つまり、あんたは施設に対して何らかの反乱を企てようとしている」

残念なことにこの女性を誤魔化すことは不可能らしい。だが、それは嬉しいことでもある。

「別にわたしは施設に損害を与えたい訳ではありませんよ。ただ、好奇心が抑えられないだけなんです」

女性はもう一度ポケットに手を突っ込むと、小さなテスターを取り出した。

「そんなもの、いつも持ってるんですか?」

「持ってりゃ、便利だよ」女性はテスターの端子を二、三か所に押し当てた。「できるよ」

「何が?」

「回路を誤魔化すことだ。アンテナからの入力をダミー回路に流して、それを終端させれば、受信した信号を無効にできる。ただ、車椅子からの送信信号はそのまま出力させる」

「それだと、やりとりできないから、ばれてしまうかもしれませんね」

「相手が人間ならね。だが、人間が対応しているとは思わない」

「どうしてですか?」

「機構が単純過ぎる。複雑な作業をするには向いていない。つまり、通信相手も単純な機械である可能性が高い」

「あるいは、バイトが対応しているのかも」

「そうかもね。だけど、バイトだったら、多少機械の様子がおかしくても、スルーするんじゃないかな?」

適当な婆さんだ。だが、このおおらかさと決断の素早さは捨て難い才能かもしれない。電気や機械にも強いようだし。

「では、改造お願いできますか？」

女性はポケットから半田鏝《はんだごて》と小さな部品を取り出した。

「そんなもの、いつも持ってるんですか？」

「持ってりゃ、便利だよ」

作業は十秒ほどで終わった。

「これからも相談に乗って貰っていいですか？　わたしのことはサブロウと呼んでください」

「いいよ。わたしのことはミッチと呼んでくれればいい」

二人は握手を交わした。

7

サブロウは三人の仲間と頻繁に話をし、そのうち一対一ではなく、三人、もしくは四人で話をするようになった。会話の内容は世間話か昔の話——小説や漫画や映画やドラマ、そしてニュースになった出来事など——ばかりだったが、そのうちサブロウはこの施設自体に対する疑問を口にするようになった。そして、彼らの記憶の不自然さも。

一番、強く関心を持ったのは、やはりドックだった。だが、彼自身物静かであり、自分の意見を積極的に表明しないため、サブロウ以外の者の目には、あまり関心がないかのように映っていたかもしれない。

エリザはサブロウの疑問に対し、懐疑的だった。

一度、陰謀論にとり憑《つ》かれてしまうと、すべてのことが陰謀で説明できてしまうような錯覚に陥る。平穏な生活を続けるためには、突飛な仮定を持ち込むべきではない、というのが彼女の意見だった。

ミッチに至っては、明らかにどっちでもいいと思っているようだった。だが、サブロウが施設から抜け出すという話をし出した途端、目の色が変わった。陰謀の真偽などはどうでもいいが、数々の脱走防止システムの解除に強く興味を持ったようだった。

「確かに、全員がここに来た経緯を殆ど覚えていないというのは、不自然なことに思えるけれど、高齢者ばかりだということを考えると、絶対にありえないとまでは言えないでしょ？」エリザは言った。

「職員が日本語を話さないのは？」サブロウは食い下がった。

「それは経費を安く上げるためじゃないかしら？　そもそも職員が日本語を話さないのと陰謀にどんな関係があるというの？」

「日本語を話せたら、どうしても俺たち入居者と話をしてしまうだろ？」

「それがどうかしたの？」

「ここがどういう施設で、なぜ俺たちが閉じ込められているのか、と質問されたくないんだよ。話していれば、そのうち必ずぼろが出るから」

「それは全部あなたの推測よね？　物的な証拠は何一つない訳でしょ」

「ない訳じゃない。この車椅子だ。ミッチ、君は中を見たろう？　特殊な回路になっていたとみんなに説明してくれ」

「ああ」ミッチは困ったような顔をした。「まあ、妙な回路は入っていたけど、特殊とまでは言えないと思うよ」

「車椅子があるエリアから出ようとすると、勝手にモーターが止まるようにできているんだ」サブロウはさらに説明を続けた。

「因《ちな》みに、わたしも含めて、みんなの車椅子に同じ機構が仕掛けられているのは確認済みだよ」ミッチが補足した。

「その点については」ドックは独り言のように呟《つぶや》いた。「それほど不思議じゃない。施設の性質を考えれば」

「ここがどういう性質の施設なのか、わかるのか？」

「とりあえず、高齢者施設だと仮定してみよう。実際にそう見えるし。むしろ、それ以外のものには見えない」

「表面上はそうだな」

「入居者がふらふらと外に出て貰っては困る訳だ。特に車椅子が必要な者が外に出て事故にでもあったら大変だ」

「辻褄《つじつま》は合っているな」

「あんたも陰謀説には共感してくれたはずだ。陰謀の証拠にはならない」

「ああ。だけど、気分だけで、物事は進められない。まず、我々に必要なのは陰謀が存在するという証拠だ」

これは分が悪い。

サブロウ自身も簡単に説得できるとは思っていなかった。だが、一番の理解者のはずのドックですら、懐疑的な態度をとるとは。

仕方がない。

「じゃあ、俺の部屋に来てくれ。証拠を見せよう」

全員がサブロウの部屋に入ると、サブロウはまずミッチに耳打ちした。「この部屋に隠しカメラがあるかわからないか？」

ミッチはポケットからラジオのようなものを取り出し、そこから伸びているイヤホンを耳に嵌めた。そして、しばしダイヤルを回す。「大丈夫だ。隠しカメラも盗聴器もない」

「最新式の超ハイテクカメラでも必ず見付けられるのか？」

「さあ」ミッチは肩を竦《すく》めた。「でも、そんなに凄いカメラで見張られてるとしたら、とっくにこっちの行動はばれてると思うよ。そこはないものとしないとこれ以上何もできないね」

サブロウは頷《うなず》いた。

ミッチの言う通りだ。完全な安全安心を求めていたら、永久に何もできはしないだろう。

サブロウは引き出しを開けて、日記帳を取り出した。「これが証拠だ」

サブロウは日記帳をぱらぱらと捲ってみるように言った。

三人はそれぞれ日記帳の暗号を読んだ。

「疑いの余地はないだろう」

エリザは溜《た》め息を吐いた。「これが何かの証拠になるって、本気で思ってるの？」

「だって、これは俺の日記なんだから、『協力者』からの俺宛のメッセージだと考えるのが自然だろ」

「好意的に考えてみよう」ドックが言った。「自分の日記に自分の知らないメッセージが仕込んであったら、それは当然誰かからの秘密メッセージだと考えるだろう」

「ドック、あんたはわかってくれると思っていたよ」

「だが、それはあくまで君に対しての話だ」

「どういうことだ？」

「そのメッセージを書いたのは君でないことは自明だ。ただし、自明なのは、君にとってだけだ」

「あんたらには自明でないと?」

ドックは頷いた。「そのメッセージは君自身が書いた可能性がある」

「俺が嘘を吐いているというのか?」サブロウは呆然《ぼうぜん》とした。何となく、彼らはサブロウを信じてくれると思っていたのだ。

「そんなことは言っていない。わたしはただその暗号が『協力者』の存在を証明する証拠であるのは君にとってだけで、我々にとっては証拠でも何でもないと言っただけだ」

「同じことじゃないか!」サブロウはついつい声を荒らげてしまった。

「落ち着いて」ミッチが言った。「誰もあんたが嘘を吐いてるとは思ってないよ。だけど、その日記帳は証拠にはならない。それだけのことさ」

そう。その通りもっともなことだ。

サブロウは目を瞑り、二、三度深呼吸をした。

この三人は俺が妄想に囚《とら》われていると思っているのだ。よく考えれば、こんな話、信じられないのが当然だ。

今更ながら、「協力者」の暗号の巧妙さに畏《おそ》れ入った。俺は暗号が他の人間に見付かるのではないかと心配していたが、仮に見付かったとしても、俺が書いたものだとしか思われないのだ。ほぼ完璧《かんぺき》な暗号だと言えるだろう。

だが、その巧妙さが逆に仇《あだ》となってしまった。「協力者」の存在を実証するものが何もないのだ。

「わかった。今すぐ『協力者』の存在を証明するのは諦めよう」サブロウは言った。

「そうね。まず自分自身と向き合ってみることから始めるべきね」エリザはほっとしたように言った。

「申し訳ないが、俺は君たちを説得するのにあまり時間を掛けたくはないんだ」

「逆よ。わたしたちがあなたを説得するの」

「じゃあ、その説得の一環ということでいい。ゲームをしないか？」

「何のゲーム？」

「脱出ゲームだ」

「何から脱出するの？」

「この施設から脱出するためのゲームだ」

「そういう体裁のゲームをする訳ね」

「体裁じゃない。実際に脱出するんだ。君たちは俺の言っていることが正しいという『ふり』をしていればいい。それで実際に脱出が成功すれば、俺の言っていることが正しいと証明できるだろう」

「脱出して何もなかったら？　ここが田舎の高齢者施設だとわかるだけかもしれないわ」

「それなら、それでいい。俺は妄想から解放される訳だ。他の二人の意見は？」

「わたしは保留するよ」ミッチが言った。「変なことをして職員から目を付けられるの嫌だし。手持ちの小道具を取り上げられたりしたら、生き甲斐《がい》自体がなくなってしまうから」

「だったら、残念だが君は参加しなくてもいい」サブロウは失望の色を隠さなかった。まさか、この時点で脱落者が出るとは思いもしなかったのだ。「ドックは？」

ドックは顎に手を添えて、考え込んでいた。

おい。おまえまで怖気《おじけ》づいたのか？

「あんたも何かを失うのが怖いのか？」

「失うのが怖い？　何のことだ」ドックは無表情のまま言った。

「こういうとき、いつもなら即答するだろう？　尻《しり》込みしているんじゃないのか？」

「尻込みしている訳じゃない。君の申し出がそもそも不可能だからだ。君の真意を測りかねていた」

「どうして俺の申し出が不可能だなんて言えるんだ？」

「脱出ゲームなどできない」

「できるさ」

「できない。なぜなら、ここは脱出ゲームの会場ではないからだ。ここは高齢者施設であり、入居者は外に出られないようになっている。だから、そもそも脱出計画は実行不可能だ。証明終わり」

「いや。建物から外に出ることはできるさ。少なくとも俺は成功した」

「落ち着いて考えて」エリザが言った。「成功したと思っているだけなんじゃないの？」

サブロウはさらに失望した。

どうやら、エリザは全く俺のことを信用していなかったらしい。認知症を発症していると思って、話を合わせていてくれただけだったのかもしれない。

エリザの言葉を聞いて、ミッチも俺に疑いの眼差《まなざ》しを向け出したような気がする。落ち着いているのはドックだけだが、これも本当に俺を信じているのか、単にからかっているだけなのか、自信がなくなってきた。

「とにかく外に出ていこう。それから考えてみてくれ」

「だから、外には行けないんだよ。外への扉はロックされていて、指紋認証でしか解除できない。当然、我々の指紋は登録されていない」

「それなら、これを使えばいい」サブロウはポケットから指貫を取り出した。「六つあるから、全員で使えるよ」

三人はぽかんとしてサブロウを見詰めていた。

「それは何？」エリザが尋ねた。

「指紋付き指貫だよ。それぞれ別の指紋が付いているから、全員で使えばここから出られるはずだ」

ミッチが指貫の一つを引っ手繰るように摑んだ。

「あっ」サブロウは制止する余裕すらなかった。

ミッチはポケットからルーペを取り出し、指貫の観察を始めている。

「使い物になりそうか？」ドックが尋ねた。

「細工は完璧だよ。もしこの指紋が登録されているなら、役に立つはずだ。ただし、この指紋が登録されているかは知りようがないけど」

「少なくとも、一つは有効だった」

三人がまたサブロウの顔を見た。

「何だよ。俺の顔ばかり見て」

「出たのか？」

「さっきから、そう言ってなかったか？」

「これって、簡単に作れるものなの？」エリザがミッチに尋ねた。

「簡単にはできない。素人にはまず無理だね。わたしぐらいの技術があれば、施設内にあるものでなんとか作れるかもしれないけど、まず指紋を手に入れるのが大変だ」

みんな、押し黙った。それぞれが何かを考えているらしい。

「俺、何かまずいこと言ったか？」沈黙に耐え切れなくなったサブロウが言った。

「これって……『協力者』がいる物証なんじゃないか？」ドックが重い口を開いた。

「あっ！」サブロウはぽんと掌《て》を打った。

「そうとは限らないんじゃない？」エリザが言った。「実はサブロウさんは優秀な技術者でわたしたちに一杯食わせるためにこれを作ったとか。あるいは、サブロウさんとミッチさんがぐるだったとか」

「冗談にしては手が込み過ぎている。そもそも、こんなものが自作できるぐらいなら、いくらでも我々を説得する方法はあったはずだ」ドックが言った。「それにミッチとぐるだとしたら、ミッチを話し合いの仲間に入れない方が我々を騙《だま》しやすいのに、わざわざ仲間に入れたのが不自然だ」

「あなたがそう推理するのを見越していたとか」

「だとしたら、サブロウは超天才だよ。その場合、彼に逆らうことは破滅を意味する。素直に言うことを聞くのが無難だと思うよ。ところで、君は本気でサブロウを超天才だと思うのかい？」

「いいえ。サブロウさんは、頭の回転が速い一方、抜けている面もあって面白い人だけど、天才の類《たぐい》ではないわ」

「今のは、褒めたのか？　それとも、貶《けな》したのか？」サブロウは目を丸くした。

「褒めたんだと思っておけばいい」ドックが言った。「それで誰も損しない」

「で、どうするの？」ミッチが言った。

「まずは、その指貫の性能を確認する」ドックが片眉を上げた。

いが持たれた。

8

何名が外に出るか、そして徒歩か車椅子か、どちらにするかについて、何度も話し合いが持たれた。

当初、サブロウはハンドレッズのメンバー全員で外に出ることを主張した。おそらくチャンスは一度しかない。この機を逃せば、脱出しなかった残りのメンバーには二度と外に出るチャンスはないだろう。

「いや。それはリスクが高過ぎる」ドックが反論した。「四人も同時に外に出たら、職員に発見される可能性は一気に高くなる。外に出るメンバーは二名が妥当なところだ。それに我々は外については何も知らない。最初から遠くまで進めると考えるのは楽観的過ぎる。最初は付近の偵察に徹するべきだ」

「そんなことを言って、今回の偵察が敵にばれたらどうするつもりなんだ?」

「敵が存在するかどうかはまだわからない」

「敵がいないとしたら、どうして俺たちは閉じ込められているんだ?」

「わたしたちが外に出すと厄介な瘋癲《ふうてん》老人だからだろ?」ミッチが冗談めかして言った。

「みんなが行かないと言うなら、俺一人で行く」サブロウは宣言した。

「一人は危険だ」ドックが言った。「何かトラブルが起きたときのことを考えると、二人の方がいい」

「トラブルに対処するなら、二人より三人がいいだろう。四人いればもっといい」

「何度言ったらわかるんだ？　四人同時に外に出たら、逆にリスクが高くなる。二度とトライができなくなるぞ」

「……わかった。じゃあ、二人で行こう。一人は俺でいいな？」

「君が外に出る積極的な理由は見付からない。だが、君であってはいけないという理由も見付からない」ドックは慎重な言い回しをした。

「つまり、どっちなんだ？」

「君が行きたいというのなら、わたしは止めない」

「ありがとう。君たちは？」サブロウは女性たちに尋ねた。

「わたしも止めないよ」ミッチが言った。

「できれば、やめて欲しいわ」エリザが言った。「でも、止めてもやるつもりなのね。だとしたら、無理に止めることはできないわ」

「では、もう一人を決める。志願者は手を挙げてくれ」サブロウが言った。

　ドックとエリザが手を挙げた。

「ミッチ、君は外に出たくはないのか？」サブロウは尋ねた。

「出たいかどうかと聞かれたら、出たいよ。だけど、一番乗りじゃなくてもいい。どちらかというと、わたしは車椅子の機構に興味がある。わたしの改造は有効かどうか知りたい」

「君の改造はうまく行かない可能性があるのか？」サブロウは不安げに言った。

「うまく行くと思っている。だけど、絶対はないからね」

「今回の偵察にミッチが参加するのは、わたしも反対だ」ドックが言った。「彼女の才能は他の人間では代替できない」

「エリザ、君は脱出に反対じゃなかったのか？」

「反対よ。できれば、誰も出て欲しくはない。だけど、あなたが行くというのなら、わたしは一緒に行かざるを得ないわ。あなたの暴走を止めるために」

「暴走？　何のことだ？」

「今回はあくまで偵察よ。だけど、あなたはあわよくば、このまま逃げ出そうと思っている。違う？」

どうだろうか？　自分でもよくわからなくなってきた。最初はチャンスさえあれば、いつでも脱出するつもりだった。だが、こうして仲間を得られたからには、彼らを見捨てることはできないような気がする。できれば全員一緒に逃げ出したい。だから、全員で外に出ることを提案したのだ。だが、みんなにその気がないのだとしたら……。

「今回は偵察だけのつもりだ」

「つもり？」

「状況によっては、それ以外の道を選択する可能性もある。自ら行動を制限したくはない」

「では、なおさらわたしは付いていくわ」

「ドック、あんたも参加したいのか？」

「できれば。こんなに好奇心を刺激する冒険はないだろう」

「だが、さっきあんたは他の者では代替できない才能を持つミッチが参加することに反対していた」

「合理的な判断だ」

「だとしたら、あんたも参加すべきではない。あんたの洞察力は貴重だ」

「わたしの洞察力が他の三人より特に優れているという気はしないのだが」

「いや。確かに優れているよ」

「わたしもサブロウに賛同する」ミッチが言った。

「わたしも」エリザが言った。

「ふむ」ドックは顎に手を添えた。「仮にその印象が正しかったとしよう。その場合でも、なおわたしが外に出る方が合理的だ。外では何が起こるかわからない。洞察力が最大の武器にも防具にもなる」

「司令官が前線に立つべきではないと思うよ」サブロウが言った。

「わたしが司令官？　参謀と司令官は別の才能だ。わたしは司令官の器ではない」

「あんた以外に誰がいると言うんだ？」

「君だろ」

「俺が？　どうして？」

「この施設のおかしさに最初に気付いたのは君だ」

「あんただって、気付いたじゃないか」

「それは君が動機付けをしてくれたからだ。自分一人では、この発想には至らなかっただろう。そして、我々を集めたのも君だ。君は各人の才能を見抜いて、最小限の人数で脱出チームを組み上げた。それは参謀ではなく、司令官の資質だ」

「偶然だよ」

「何より、『協力者』は君とコンタクトした」

「特に俺を選んだ理由はないのかも」

「それは考え辛い。君の日記やふだん君のいる場所にヒントを隠したということは、『協力者』は我々の行動を熟知しているということだ。その上で君を選んだのだから、君が司令官の適任者だと考えたということだ」

「でも、司令官は後方で待機しなくちゃならないんだろ？」

「それは君の言ったことだ」

「あんたはどう思う？」

「司令官が後方で指示を出すのは、大軍を率いている場合だ。少人数の場合、司令官自ら行動するのが理に適《かな》っている」

「一番の責任者が前線に出るっていうのは、『宇宙大作戦《スター・トレック》』方式だな。あれは少人数って訳でもないけど」そう言ってから、サブロウはドックの表情を見てふふと笑った。まさに彼が『宇宙大作戦』の参謀役であるスポックに似ていることがおかしく感じられたのだ。

続いて、ミッチも笑った。彼女も気付いたらしい。

ドックは笑い出した二人を不思議そうに見て、片眉を上げた。

ますますスポックにそっくりだ。

「じゃあ、とりあえず俺が暫定リーダーということでいいかな？」サブロウが言った。

異議は出なかった。

「偵察隊のメンバーについては、もう少し考えることにしよう。先発隊と待機組、それぞれの適性についても考えてみる」

9

数日後、食後のデザートを楽しんでいるサブロウの下に深刻な顔をしたミッチがやってきた。

「ドックの姿が見えない」ミッチは呟くように言った。

「自室に閉じ籠《こ》もっている訳じゃないのか？」

「ドックの部屋の中は調べた」

「あいつはいつも部屋に鍵を掛けてるだろ？」

「これで開けた」ミッチはポケットの中にある万能鍵をちらりと見せた。

「ああ。君にはできるんだな。いったい何が起きたんだ？」

職員が近付いてきた。

「しっ！　エリザが今調べている」

エリザはコミュニケーション能力が高く、人の心理を見抜くのも得意だ。入居者の誰かが異変に気付いていたとしたら、すぐに彼女の知るところとなるだろう。

職員が二人から離れるのとほぼ入れ違いにエリザがやってきた。

「ドックの居場所はわかったのか？」サブロウは素早く尋ねた。

エリザは首を振った。

「何か手掛かりは？」

「ドックさんが出入り口の近くをうろついているのを見ていた人が二、三人いたわ」

「二人か三人かどっちなんだい？」ミッチが口を挟んだ。

「一人は単に話を合わせているだけかもしれないの。一人ずつ引き離して質問する訳にはいかないでしょ」

「職員の動向は？」

「やや緊張が見られるわ。ただし、入居者の一人がいなくなったんだから当然とも言えるわ」

「どっちかな？」サブロウは言った。

「どっちって？」ミッチが尋ねた。

「自分で抜け出したのか、それとも連れ去られたのか」

「それをわたしたちに推理しろと？　そういうのは、ドックの担当じゃないのかい？」

「だが、そのドックがいなくなったんだから、仕方がないだろ」

「指貫は六つとも持ってる？」エリザが尋ねた。

「手元にあるのは五つだ」

「ドックさんが持っていったの？」

「たぶん」

「たぶん？」

「よく覚えていない」

「覚えてないってどういうことだい？　指貫の管理はあんたの担当だろ？」ミッチは鼻息荒く言った。

「指貫を見せてくれと言われたのは覚えているんだけど、返して貰ったかどうかは定かじゃない」

「しっかりしろよ」

「無理言うなよ。百歳なんだから、記憶も曖昧になる」

「ドックさんに手渡したのは確かなのね？」

「そう言われると、自信はないが、おそらくそうだ」

「こんなので大丈夫？」ミッチが馬鹿にしたように言った。

「記憶に自信がないのはみんななんだから仕方がないわ」エリザが言った。「指貫はドックさんが持っていった。とりあえずそう仮定して対策を練りましょう」

「指貫を持っていったってことは、あいつ一人で外に出ようとしたってことだな」ミッチが言った。「二人でなければ危険だと言ってなかったか？」

「自分なら一人でも大丈夫だと思ってたんじゃないかな？」サブロウは言った。「あいつは相当な自信家だから」

「きっと、あんたがなかなかゴーサインを出さないから痺《しび》れを切らしたのよ」

「好奇心を抑えられなかったのかもしれないわね」エリザが溜め息を吐いた。

「で、どっちなんだろ？」

「それは結論が出たじゃないか。ドックが自分一人で脱出を決行したんだよ」ミッチが言った。

「成功したとは限らないだろ」

「つまり、あいつらに見付かったかもしれないってことかい？　だとしたら、どうして戻ってこないんだ？」

「どこかで取り調べを受けているのかもしれない」

「その可能性は否定できないわ」

「だとしたら、あいつ、わたしたちのこと、ちくったかな？」ミッチは不安げに言った。

「それはわかりようもない。取り調べがあったとして、それがソフトなものなのか、拷問なのかもわからないし」

「拷問！」ミッチはぞっとした表情をした。

「まさか、高齢者に拷問なんか……」エリザが眉を顰《ひそ》めた。

「何とも言えないな」サブロウは言った。「敵がどんな組織なのか、全く情報がないから」

「どっちにしても、ドックが捕まったら、敵は警戒するんじゃないか？」ミッチが言った。「システムを変えて、わたしたちが出られないようにするかも」

「それはないんじゃないかな？　システムを変えるなんて結構大ごとだ。一度の脱走騒ぎぐらいなら、目を瞑るんじゃないかな？」

「でも、指貫が見付かったら、わたしたちの指貫も使えなくなるかもしれないわ」

「それもないと思う。職員たちは誰の指紋がコピーされているかわからないはずだから。今更、指紋認証システムを無効にして、鍵を持ったり暗証番号を覚えたりはしないだろう」

「どうして、そう言い切れるの？」

「人間は無精だからさ。なるべく物事を変えずに済まそうとするのが自然だ」

「じゃあ、指貫はまだ有効だと思ってるのね？」

「ああ。だから、脱出はまだ可能だ」

「リスクは高くなっているわ。ドックさんが成功していたとしても、失敗していたとしても」

「その程度のリスクは受け入れるつもりだよ。なにしろ、俺たちには失うものなんかないんだから」

しかし、その翌日の午後、事態は急変した。

書架の前にひょっこりドックが現れたのだ。

「びっくりさせるなよ。いったい何があったんだ？」サブロウは嬉しさで顔をくしゃくしゃにして言った。

そのままハグしようかとも思ったが、車椅子から立ち上がるのが大変そうだったので、座ったまま、腕を叩《たた》くだけにしておいた。

ドックは無言でサブロウを見詰め、片眉を上げた。

「どうした？　何か喋ってはいけない理由でもあるのか、ドック？」

ひょっとしたら、俺たちには何も話すなと脅されたのかもしれない。あるいは、今、監視されているので、俺たちと接触できないってことか？

「ドック？」ドックは片眉を上げた。

「そうだ」サブロウは不安を感じた。「まさか自分の名前を忘れた訳じゃないだろうな」

『ドック』というのは親しい者たちがわたしを呼ぶときのニックネームだ」

「そうだろうよ。俺たちだって、『ドック』があんたの本名だなんて思ってない」

　ドックは自分の顎に手を添えた。

「おいおい。どこに考え込む必要があるんだ？」

「君の名前は？」ドックはサブロウの目を見て言った。

　おいおい。どっちなんだ？　本当に忘れたのか？　それとも、覚えていないふりをしているのか？

　サブロウは周囲を見回した。

　職員は近くにいない。だが、見張られていないとは限らない。そして、すでにサブロウは自分からドックに接触してしまっている。もし見張られていたら、もう手遅れだろう。ということは、取り繕う必要はないということだ。

「俺はサブロウだ」

「わたしのことを知っているのか？」

「ああ」

「いつからの知り合いだろうか？」

「随分前から、互いに顔は知っていたと思うが、名前を呼びあうようになってからはひと月程になる」

　ドックはしばらく考え込んだ後、呟いた。

「興味深い」

「何が興味深いんだ？」

「二つの仮説を立ててみた。一つは君がわたしと友達であるという妄想を持っている。もう一つはわたしの記憶に障害がある」

「本当に俺のことを覚えてないのか？」

「君はわたしのニックネームを知っていた。他にも知っていることはあるか？」

サブロウは学歴や家族構成などドックのプライベートについて、知っている限りのことを伝えた。

「ふむ。極めて興味深い」

「だから、何がなんだよ？」

「今、君が述べたわたしの個人情報だが、虚偽が混じっている」

「……そんなはずはない」サブロウは戸惑った。「これはあんたから聞いたことだ」

「わたしは自分の個人情報を誰かに教えるときには、特定の虚偽を交えることにしている」

「なぜ、そんなことを？」

「わたしの情報が漏れたときに誰から漏れたのかを特定するためだ。今、君が述べた情報には、わたしが次に個人情報を教えるときに使おうと思っていた虚偽情報が含まれている」

「つまり、どういうことだ？」

「第一の仮説は棄却され、第二の仮説が残ることになる。つまり、わたしは自分の個人情報を君に伝えた。そして、そのことをすっかり忘れているということだ」

「なぜ、そんなことに？」

「わたしが何らかの脳の病気に陥った可能性がある。だが、自覚症状は全くない。君、記憶の欠落を除いてわたしに何か異常な兆候は見られるか？」

「いや。前と全く変わらない」サブロウは首を振った。

「病気の可能性は完全に排除はできないが、とりあえず無視してみよう。そうなると、非常に特異な結論に至る」

「どんな結論だ？」

「我々、つまり君とわたしを含む何人かのグループは、誰かもしくは何かを敵に回してしまったということだ。そして、その誰かもしくは何かは人間の特定の記憶を消去もしくは隠蔽《いんぺい》する技術を持っている」

「やっぱりあんたは凄いよ。凄い洞察力だ。早速だが、もう一度チームを結成……」

「これ以上、君と話はしない」

「何を言ってるんだ？」

「敵は相当な力を持っている。慎重に事に当たるべきだ。少なくともわたしは目を付けられている。君はわたしにぺらぺら喋るべきではない。情報漏えいの危険が増すだけだ。

敵はわたしの記憶から情報を引き出せるのかもしれない」

「そんなことが可能なのか？」

「わからないが、記憶を消せる技術があるなら、引き出す技術があっても不思議ではないだろう」

「だけど、あんたがいないと誰が情報の分析を……」

「ほら、今、君は重要な情報を漏らしてしまった。君のチームにはわたしを超える情報分析者がいないのだろう」

「どうすればいい？」

「とりあえず、君たちとわたしはそれぞれ独自に調査することにしよう。もし調査の結果、互いにコンタクトしても問題ないと判断したら、そのときには合流しよう」

「わかった。念の為、大事なことを伝える暗号を……」

「それこそよくない。暗号のルールは予め《あらかじ》決めてはいけないんだ。そうではなく、本人にのみ解ける暗号を使うべきだ」

本人にのみ解ける暗号？　なるほど。

「わかった。それじゃあ、何かわかったら、連絡を取り合おう」

ドックは片眉を上げると、無言のまま、サブロウに背を向けて、その場を去っていった。

全く大したやつだ。

サブロウは心底感心した。

10

ドックは記憶を失っていたが、凄《すさ》まじい速度で状況を再把握しつつある。この事実をエリザとミッチに伝えようと、広間の中を探したが、見付かったのは、ミッチだけだった。

サブロウはいつものようににこやかにミッチに近付いた。

彼女は浮かぬ顔をしていた。

まだ、ドックが戻ってきていることに気付いていないのだろうか？　とにかく朗報を伝えないと。

サブロウはいつものように不自然にならないぐらいの低い声で言った。「ドックが戻ってきた」

「知ってる。あんたが話しているのを見てたよ」

「だったら、もっと嬉しそうな顔をしろよ」

「大丈夫だったの？」

「ああ。記憶はそのままじゃないが、前のままのドックだった」

ミッチは溜め息を吐いた。

「どうしたんだ？　記憶喪失なんかドックにとっては大した問題じゃないだろ？」

「エリザがいなくなった」

「えっ？」

「昨日の昼からだ」

　サブロウは混乱した。「どういうことだ？」

「こっちが訊きたいよ」

「エリザは脱出に否定的だった」

「そうだったね」

「だとしたら、逃げ出した訳ではなくて、やつらに拉致《らち》されたのか？」

「そもそもわたしたちはずっと拉致されているも同然なんだよ。どうして、わざわざさらに拉致する必要があるんだ？」

「じゃあ、やっぱり一人で脱出したのか？」

「それも納得できない。一人で逃げるのはリスクが高過ぎる」

「ドックだって、一人で逃げたぞ」

「彼、自分で一人で逃げたって言ってた？」

「そうは言ってないが……」

「ドック一人で逃げたというのもあんたの推測だろ？」

「しかし、それ以外に説明のしようが……」

「とにかくしばらくは大人しくするんだ」ミッチは怯《おび》えるように言った。「わたしたち立ち入ってはいけないとこに入り込んじまったのかも……」

数日後、エリザはひょっこり戻ってきた。

見付けたのはミッチだった。エリザは自分の部屋で静かに座っていた。

「こんにちは」ミッチはエリザの部屋のドアを開けながら言った。

「こんにちは」エリザは微笑んだ。

双方とも何も言わず、十秒ほどの時間が流れた。

「ええと……ミッチだよ」

「初めまして、ミッチさん。わたしはエリザです」エリザは極自然にそう答えた。

ミッチは軽い眩暈《めまい》と絶望を感じた。

「わたしら、友達だったんだよ」ミッチは努めて平静を装った。

エリザはしばらく考え込んでから言った。「ごめんなさい。近頃、もの忘れが酷くって、知り合いの顔でも、はっきりしないのよ」

「……ああ。わたしたちぐらいの齢ともなれば、一時的に知り合いの顔と名前を忘れるのはよくあることだからね」ミッチは微笑んだ。

「それで、何も話さずに戻ってきたのか?」サブロウは呆《あき》れて言った。「自分の身に起きたことを推測できるようなヒントを与えればよかったのに。俺がドックにやったように」

「申し訳ないけど、わたしにそんな芸当無理だよ。……それに、そんなことをするのが正しいかどうかもわからない」

「正しいに決まってるだろ。エリザは同志なんだ」

「じゃあ、あんたはもう一度エリザを厄介事に巻き込もうって言うのかい？」

「厄介事？」

「ここから出たいと言ったのはあんただろ？　わたしたちはそれに巻き込まれただけじゃないか！」

「……そんなふうに思ってたのか」サブロウは肩を落とした。「みんな、俺に嫌々付き合ってたのか。だとしたら、俺はみんなに迷惑を掛けたことになる」

「ごめん。言い過ぎた」ミッチは後悔の表情を見せた。「わたしたちは自分の意志であんたに付き合ったんだ。巻き込まれた訳じゃなかったよ」

「慰めはいい。つい本音が出たんだろ？」

「いや。心にもないことを言っちまったんだ。わたしは嫌じゃなかった。ただ……」

「ただ？」

「エリザは話し合いには積極的だったが、脱出計画自体には乗り気じゃなかった。そんな彼女をまた巻き込んでいいものかと思ったんだ」

「…………」

「わたしたちは危険な領域に踏み込んでいるような気がするんだ。このまま何もしなければ、きっと今まで通り平穏な施設暮らしを続けられる」

「つまり、もう俺たちの脱出ゲームは終わりって訳だ」サブロウは呟くように言った。

「完全に終わりって訳じゃない。しばらく冷却期間を置こうってだけだ」

「冷却期間？　待っている間に俺たちはどんどん老いぼれていくんだ。脱出計画も何もかもすっかり忘れてしまうだろうよ！」

「サブロウ、落ち着くんだ」

「俺は冷静だよ。君の気持ちはもうわかった。終わりにしたいんだろ。もう俺のことは放っておいてくれ」サブロウは電動車椅子を起動し、ミッチから離れていった。

「サブロウ……」

サブロウはミッチの声が聞こえなかったのか、それとも聞こえないふりをしていたのか、そのまま振り向きもせず、廊下を進み続けた。

11

その日から、サブロウはミッチに話し掛けなくなった。ミッチから話し掛けると、挨《あい》拶《さつ》程度はするが、すぐに離れていった。

ミッチはサブロウの行動が気になっていた。あの日から、サブロウの様子がおかしくなったような気がしたのだ。と言っても、ドックやエリザのように明らかな記憶の喪失などがあった訳ではない。眼が虚《うつ》ろになり、日がな一日、同じ場所でじっと同じ本を読み続けるようなことが多くなったのだ。

老人は生き甲斐を失うと一気に心や身体が衰えることがある。サブロウにとって脱出計画は唯一の生き甲斐だったのかもしれない。

ミッチはそう考えるようになっていた。

ある日、中庭の隅でぶつぶついいながら、本を読み続けているサブロウに気付いて、ミッチは近付いていった。

どうやら古い電信関連の本を見ているようだった。ページを繰らずに同じところをじっと読んでいるようだった。

「電信に関心があるのかい？」

サブロウはちらりとミッチを見た後、また本に視線を戻した。ミッチだと気付いたのかどうかすら判然としない。

「モールス信号なんて覚えても使い道がないだろ」ミッチはもう一度話し掛けた。

今度は見もしなかった。

単に怒っているだけなのか、認知機能が低下し出したのか、判断が付かなかった。年齢を考えると急に精神機能が減退しても不思議ではない。

「通信手段が必要だ」サブロウは言った。

「今、『通信手段』って言ったのかい？」ミッチは尋ねた。

サブロウは返事をしない。

「いったい誰への通信だい？」

サブロウは反応しなかった。

一分程待って、もうそばを離れようかとミッチが思った頃、サブロウは独り言のように言った。

「未来への」

「えっ？」

サブロウは俯《うつむ》いたまま、本を抱えていた。

次に見掛けたとき、サブロウは中庭の木の幹に凭《もた》れ掛かるようにして地面に座っていた。

ミッチは慌ててサブロウに近付いた。調子が悪いのかと思ったのだ。

だが、周囲にいる職員たちが冷静であることに気付いて、どうやら大したことはないのだとわかった。

サブロウはミッチが近寄ってくると、顔を上げた。

「こんにちは」ミッチが呼び掛けた。

サブロウは顔を伏せた。

やはり、怒っているのか、認知障害が進んでいるのか、はっきりしない。

どこか近くに水場があるのか、やたらと蚊が飛んでいた。見ると、サブロウの腕にも何匹か止まっていた。サブロウの目に入っていないとは思えなかったが、彼は潰すでもなく、追い払うでもなく、放置していた。すでに十か所以上、刺されているらしく、赤い斑点《はんてん》ができていた。

「蚊がいるよ」ミッチが手で蚊を追い払った。

サブロウはミッチを睨み、不機嫌そうに言った。「ほっといてくれ!」

ミッチは迷惑そうな態度をとるサブロウに話し掛けるのがだんだんと億劫《おっくう》になってきた。いつの間にか没交渉となり、彼のことを気に掛ける時間は減っていった。

エリザかドックに相談しようかとも思ったが、彼らはこっちのことを覚えていないだろうし、下手に近付いたら、職員たちに目を付けられるかもしれないと思い、二人に接触することもなかった。

そして、ある日、サブロウの姿が消えていることに気付いた。

12

なぜ、エリザは一人で脱出しようとしたのか?

サブロウはその理由をずっと考えていた。

もちろん、彼女が脱出を決行したという証拠はない。だが、可能性として、そう仮定した場合どういう理由が考えられるのか、検証すべきだと感じたのだ。

彼女は冷静な人間だ。ほとぼりが冷めるのを待てないはずがなかった。つまり、彼女は敢《あ》えて脱出を実行したのだ。

何か事件が起きた直後は一時的に警戒が厳しくなるが、そのうち緊張も解け、また、元の状態に戻る。もちろん、そういうことは多々ある。だが、必ずしもそういう経緯を辿るとは限らない。職員たちがまだ報告していないだけで、いったん報告されると、一気に警戒レベルが上がるということも考えられる。常に出入り口に監視が付くようになるかもしれないし、入居者全員の持ち物検査が行われるかもしれない。そうなったら、もはや脱出は不可能となる。

つまり、今を逃すと、脱出のチャンスは永久に訪れないかもしれないのだ。一方、ドックが失敗した状況下では、以前より脱出のリスクが高まったことも否めない。だからこそ、彼女は被害を最小限にとどめるため、自分一人での脱出を決意したのではないのか。もしそうだったとしたら、非常に合理的な判断だ。

自分もまた合理的な判断をしなければならない。

脱出の失敗が二度続いているとしたら、三度目も失敗する公算が高い。だが、ここで諦めたら、もはやこの先はない。考え方を変えてみると、脱出に失敗してもたかだか記憶を消されるだけだ。命までとられるようなことはない。だとしたら、やってみる価値はあるだろう。それが合理的判断というものだ。

ミッチは誘わないことにした。自分が失敗したときに彼女が最後の切り札となる。さらに仲間を増やすことも考えたが、それだけの時間を費やすこと自体がリスクだと考え直した。

電動車椅子はミッチに改造されたままだ。今は安全装置を無効化できていると信じる他はない。

朝食前、職員が忙しくしている時間を狙って、出入り口に向かった。お誂《あつら》え向きに、職員の姿は見えない。

サブロウはポケットから指貫を取り出した。記憶は定かではないが、六つあった指貫のうち、二つはドックとエリザが持っていったはずだ。そして、これが三つ目。残りの三つは、施設内に隠してある。今回、失敗した場合の保険だ。

装着して指紋認証システムに当ててみる。

永久かと思われる数秒間が経過した後、ドアのロックは解除された。

サブロウは小さく溜め息を吐いた。

まだ気を抜けない。

サブロウはドアを開け、外に出た。

一日程度の水と食料は持ち出してきた袋の中に用意してある。それ以上用意しても、車椅子のバッテリーがもたないだろう、とミッチが言っていたからだ。つまり、半日以上、誰にも見付からなければ、帰るかどうか決断しなければならないことになる。そのまま帰れば記憶を消されてしまうかもしれない。かと言って、さらに半日進んで何もなければ、野垂れ死にする可能性があるのだ。

もっとも、今そのことを心配するのは早過ぎる。まずは森の中に進入できるかどうか確認しなければならない。森の手前で止まったら、何の進歩もないことになる。

サブロウは森へ向けて進んだ。

外は静かで、車椅子のモーター音がやけに大きく聞こえる。サブロウは焦ったが、これ以上速度を上げる術《すべ》はない。

こんなことなら、ミッチにスピードアップのための改造をして貰っておくんだった。

前回、車椅子が止まった場所に到達した。

サブロウは息を止めた。

何事もなく、車椅子はその地点を通り過ぎた。

サブロウはゆっくりと息を吐いた。

大丈夫だ。とにかく最初の関門は突破できた。さて、次は森を抜けられるかどうかだ。

森の中に入ると、突然地面が凸凹になった。車椅子が激しく揺れる。万が一、車椅子が転倒したら、一人で起こすのはまず不可能だろう。サブロウは車椅子の速度を人が歩く速度よりもさらに遅くした。

それでも、相当がたがたしたが、なんとか前に進んだ。大きめの石や木の根に、車輪が引っ掛かると、止まってしまうこともあったが、少しバックして進路を変更すれば、前に進むことができた。

上を見上げると、木々の枝の隙間から青空が見えた。車椅子を進めると、青く輝く空を背景に次々と黒い枝葉が後方に流れていくように見えた。

サブロウはまるでドライブしているような気分になり浮き浮きとしてきた。夏にしては、多少肌寒いような気はするが、耐えられないことはない。モーターも快調だ。案外バッテリーはミッチの予想よりももつかもしれないと感じ始めた。このまま進み続けて森を出ることは、そんなに難しくないかもしれない。

森の中の道は元々あったものが荒れたのか、それとも獣道なのか判断が付かなかった。森林について詳しければわかったのかもしれないが、それがわかったとしても大して状況に変化はないように思われた。

サブロウは袋の中から一枚の紙を取り出した。そして、指先を持ってきた水で湿らせ、ここまでの大雑把な森の地図を描いた。紙が乾くと見えなくなったが、それでいいのだ。もし職員に捕まったとしても、これだとただの紙屑《かみくず》に見えるだろう。濡《ぬ》れた痕《あと》は繊維の乱れとして残っている。注意深く観察すれば、地図を読み取ることができるだろう。

サブロウは紙を袋に戻した。

腕が無性にむず痒《がゆ》い。蚊に刺された痕だ。だが、サブロウは掻《か》くようなことはせず、ひたすら我慢した。

今、掻くとまずいことになる。

サブロウは歯を食い縛った。

気になることはもう一つあった。さっきからぶんぶんと煩《うるさ》いのだ。蝿が近くにいるようだが、居場所がわからないのだ。不思議なのは、遅いとはいえ時速二キロ程で進んでいるにもかかわらず、羽音がずっとついてきていることだ。つまり、蝿がずっと後を追ってきているということになる。

何かの錯覚か、自然現象だろうかと首を捻る。

ふと、この羽音は上空から聞こえているのじゃないかと感じた。

空を見上げると、果たして蝿らしきものが見えた。手を振って追い払おうとしたが、どうも妙な感じだ。

車椅子を進めても蝿はずっとついてくる。

自分が何か臭いを出しているのではないかと、不安になってきた。

そのときだった。前方二メートル程のところに何か水平な糸のようなものが光ったのだ。

サブロウは慌てて車椅子を止めようとしたが、モーターはそんなに素早く反応はしない。

車椅子は糸にぶつかった。一瞬、軽い衝撃があったが、糸はすぐに消え失《う》せてしまった。

嫌な予感がした。

サブロウは車椅子を完全に停止させた。

蜘蛛《くも》の糸にしては水平に長く伸び過ぎていた。今のはおそらく人工のものだ。だとしたら、何かの罠《わな》のセンサーである可能性が高い。ひょっとするとあの奇妙な動きをしていた蠅はこの罠を知らせるための仕掛けだったのかもしれない。

サブロウは空を見上げた。そこにはもう蠅はいなかった。

「もし、協力者がいるのなら教えてくれ。俺は罠に掛かったのか？」

返事はなかった。

だとすると、あの蠅が「協力者」からの接触だというのは思い過ごしか？　罠も思い過ごしだといいのだが。

サブロウは鈍ってきている五感をフル稼働させて周囲の様子を探った。

微《かす》かにしゅうしゅうという音が聞こえるような気がした。

ガスだ！

「頼む。ガス攻撃を受けている。助けてくれ！」サブロウはいるかいないかわからない「協力者」に呼び掛けた。

「残念ながら、今君を助けるのは盟約違反なんだ」背後から声がした。

サブロウは振り向こうとした。だが、身体がふらついて、うまく背後を見ることができなかった。

何かの影が飛び去った。

以前、エリザと中庭にいたときに見掛けた影に似ていたような気がした。

目が回ってきた。手足に力が入らない。

やはりガスのようだ。

サブロウは腕を掻き毟《むし》った。

そして、意識がなくなった。

13

サブロウがいなくなったのに気付いたのは朝食が終わったときだった。

どうやら、最初から食べにきていなかったようだ。

ミッチは急いで、サブロウの部屋を訪れたが、そこは無人だった。

念の為、施設の中をいろいろと見て回ったが、彼女はサブロウは見付からないだろうと覚悟していた。

あのすべてに興味を失ったような態度は演技で、ずっと脱出を計画していたのだろうか？　それとも、精神症状が悪化した結果、無謀な行動に出たのだろうか？

さて、自分はどうすべきだろうか？

ミッチは考え込んだ。サブロウは脱出したような気がする。しかし、絶対にそうだと言い切れる程の自信はなかった。それを言うなら、ドックやエリザも脱出を図ったのかどうかわからない。わかっているのは、姿を消した人間が全員、ハンドレッズのメンバーだということだ。これは偶然とは考えられない。

となると、次に姿を消すのは自分かもしれない。

今までの三人が姿を消した原因が脱出だとするなら、自分は脱出を行うべきではないだろう。三人が成功しなかったのに、自分だけが解決できると考えるのは、あまりにも無謀だろう。もちろん、三人と較べて自分には、機械や電気の知識があるが、これで突発的な事象にどれだけ対応できるかは未知数だ。むしろ、危険から逃げる敏捷《びんしょう》性や先を見通す洞察力の方がずっと役に立ちそうだ。そして、残念ながら、これらの能力において、自分は他のメンバーと較べて抜きんでているとは言えない。

だとしたら、このままじっとしているのが一番なのかもしれない。だが、サブロウをこのまま放っておいていいものだろうか？　確かに、ドックやエリザは数日で戻ってきたが、サブロウもそうだとは限らない。もし、彼が窮地に陥っているのなら、なんとか手助けすべきだろう。だが、いったいどうすればいいのか？

一人で考えていてもいい考えは浮かばなかった。

だとしたら、このまま何もせずに事態の推移を見守るのも一つの方法だろう。

だが、打てる手はそれだけではない。

自分よりも洞察力が優れた人間に手助けして貰うのも解決に結びつくかもしれない。サブロウは時間を掛けて、脱出に役立ちそうな才能を持つ仲間を見付けていった。ミッチも同じことをすればいいのだろうが、それには相当の時間が必要だ。ミッチに同じことをするだけの気力はなかった。

だが、一から探す必要などないのだ。才能のある人物ならすでにわかっている。エリザとドックだ。ただし、今二人に接触するのが正しいことなのかどうかわからない。少なくともドックは接触を危険だと考えていたようだ。

ミッチは数日間悩んだ末、ドックと接触する決心をした。ドックは記憶を失った後ですら、持ち前の洞察力で事態をおおよそ把握したのだ。ミッチに助言ができるとしたら、彼しかいないだろう。

ミッチは書架の前で腕組みをしているドックに近付いた。「こんにちは」

「こんにちは」ドックはじっとミッチを観察した。

「わたしを見て、何かわかったかい？」

「観察だけでは、殆ど何もわからない。だから、質問をさせて貰う。君はサブロウの知り合いか？」

「ええ。そして、あんたとも」

「サブロウの姿はこの数日見掛けない。何があった？」

「それをあんたに訊こうと思ったんだよ」

「今、君とわたしが接触するのはまずいかもしれない」

「それは覚悟の上だ」

ドックは片眉を上げ、そして少し首を傾げ、数秒間考え込んだ。

「なるほど」

「何か思い付いたのかい？」

「サブロウは切れる男か？」

「ああ。あんた程じゃないかもしれないけど」

「だとしたら、何らかの対策をしていたはずだ」

「一か八か打って出たのかも」

「『打って出た』というのは、わたしと似たような行動をとったという意味かね？」

「たぶん」

「彼は記憶を失った後のわたしと会った」

「それは聞いたよ」

「だとしたら、何の対策もとらずに『打って出る』とは思えない。なぜなら、彼は自分の能力がわたしより低いと認識していたはずだからだ。わたしと同じことをしても、わたし以上の結果を出せないのは明らかだ」

「凄い自信だ。だけど、一理あるかもしれない」

「彼は何か対策をとったはずだ。だとしたら、その結果を待つべきだ」

「結果って？」

「さあ」

「さあ？　まさか、わからないのかい？」

「当たり前だ。わたしは自分の身に何が起こったのかすらわからないんだ。ましてや、彼の身の上がわかろうはずがない」

「だけど、何らかの対策をとったことはわかるって……」

「それは論理的な帰結だ。もっとも、君や彼の言葉が正しいと仮定しての話だが」

「今は静観しろってこと？」

「それが最適解だ」

それでは手遅れになってしまうかもしれない。

「彼に何があったかわからないけど、彼を助けるのを手伝って貰えないか？」ミッチは懇願した。

「時期尚早だ」ドックは冷たく言い放った。

「いつになったら、いいんだい？」

「それを判断するにも情報が必要だ」

「情報ならわたしが……」

「君たちとの接触はリスクが高い。情報はわたし自ら収集する」

「どうやって？」

「それは教えられない」ドックは片眉を上げた。そして、まるで今までミッチと話していたことすら忘れたかのように、何も言わずに離れていった。

ミッチはエリザに接触すべきかどうか悩んだ。エリザなら、ドックより親身になってくれそうに思ったからだ。だが、相談するためには、エリザに今までの経緯を説明しなければならない。エリザは洞察力に優れてはいたが、ドックのように超人的な域には達していない。ミッチにはうまく説明できる自信がなかった。もし不信感を与えてしまったら、彼女は職員に通報するかもしれない。それがサブロウや自分自身の運命にどんな影響があるか全く推測できなかったのだ。だとすると、ドックが言ったように静観するのが正解ということになる。

ミッチは丸三日間悩んだ末、エリザに接触する決心をした。今はできるだけ多くの人間の知恵を結集すべきだと思ったからだ。

ミッチがエリザの部屋に向かっていたとき、廊下で車椅子のサブロウと擦れ違った。

「わおっ！」ミッチはつい声を出してしまった。嬉しさのあまり自分を抑えられなかったのだ。

サブロウはちらりとミッチを見た。その目には親愛の情は感じられなかった。不審な者を見る目付きだった。

「サブロウ、無事だったんだね」

「無事？　……ええと、君の名前を聞いていいですか？」

サブロウは初対面の人物――特に女性に対しては丁寧な物言いをする。つまり、ミッチとは面識がないと感じているのだ。

ミッチはがっかりした。

何も変わらない。ドックやエリザとまるっきり同じだ。ドックはサブロウが何か対策をとったはずだと言っていたが、どうやら買い被《かぶ》っていたようだ。サブロウには何の勝算もなかったのだ。

「ああ。御免。人違いだった」ミッチはサブロウから離れようとした。

「ちょっと待ってください。君は俺の名前を知っていた」

「ええ。まあ、ちょっとした知り合いだったかも」

「無事かと訊きましたね？」

「ああ。勘違いさ」

「俺の身に何かあったということですね」

「さあ、そんなことはわからない」

「俺について知っていることを教えてください。いったい俺は何をしようとしていたのか？」

「何もしようとなんかしてなかったよ」

「俺はこの施設に疑問を持ってるんです」

「完璧な施設なんてないからね」

「ここに入った経緯が思い出せないんです」

「年寄りにゃ、よくあることだね」

「そして、君のことも全く覚えていない」

「だから、齢をとったからだろ」

「特定の人物のことをすっぽりと綺麗《きれい》に忘れるなんてことがあるでしょうか」

「認知症ってのは、そういう病気なんだろ」

「記憶は互いに有機的に絡み合っているものです。施設内で起こったことが全体的に曖昧になっているならともかく、特定の人物の記憶がすっぽりと抜け落ちているのは奇妙だと思いませんか？」

「そう思うのは錯覚かもしれないよ」

「もう一度聞きます。君の名前を教えてください」

「わたしは……ミッチだよ」

「なるほど」サブロウの目に光が宿ったように見えた。「今から、俺の部屋に来てくれ。大事な話がある」サブロウは車椅子を動かし、部屋に向かった。

ミッチは慌てて、後を追う。

あれ？　今、敬語をやめてなかった？　突然記憶が戻った？　でも、そんなことある？　ドックやエリザの記憶は回復しなかったのに。

部屋に入ると、サブロウはドアを閉めた。「密室で二人きりになるのは、女性に対して失礼だけど、俺たちの会話を聞かれるとまずいからね。念の為、盗聴器と隠しカメラの確認をお願いする」

ミッチはポケットから装置を取り出し、確認作業を行った。

えっ？　本当に記憶が戻ってる？

「必要なものはわかった。ガスマスクだ」サブロウは早口で言った。

「どういうこと？　話が全く見えないんだけど」

「よく見てくれ。ここにそう書いてある」サブロウは袖《そで》を捲《まく》って見せた。「もう消えかけているので、注意して」

腕には、ぽつぽつと虫刺されの痕らしきものがあった。そして、それらを掻き毟った痕も。

「これが何か？」

「虫刺されはたぶんカモフラージュのためにわざと刺されたんだ。重要なのは掻き傷だ」

ミッチは掻き傷をもう一度見た。別に文字の形にはなっていない。かな文字にもアルファベットにも似ていない。

「ただの掻き傷だろ？」

「文字なんか書いたら、すぐにばれてしまうからな。ほら。長いものと短いものが混在

しているだろ。ト・ツー・ト・ト、ト・ト、ツー・ツー・ツー・ト・ツー

「モールス信号！『ガス』」

「正解だ」

「だから、あんたは蚊に食われるままにしてたんだね。皮膚にいきなり、モールス信号を刻んだら、ばれてしまうので、虫刺されを搔き毟ったように偽装した。これなら記憶を消されても敵の罠の情報を記録しておける」

「やっぱり、俺はそんなことしてたんだ」サブロウは得意げに言った。「ガスマスク作れるよな？」

「……もちろんだ。ガスの種類にもよるが、活性炭があればなんとかなると思う。活性炭は冷蔵庫からくすねてもいいし、草木から自作することも……」

「作り方は君に任せるよ」

「でも、どうしてわたしにそんな技術があるってわかったんだい？　盗聴器のこともわたしに言っていたし」

サブロウは不敵に微笑むと、引き出しから日記帳を取り出し、彼女に差し出した。

「これは前にも見せて貰ったよ」

「もう一度、見てみるんだ。たぶん、君の知らなかった文字が読み取れるから」

ミッチは震える手で、日記帳をぱらぱらと捲った。

そこには、例のぱらぱら漫画の手法で、新たな文章が書き込まれていた。

脱出チーム・ハンドレッズのメンバーは四名。発起人サブロウ。情報収集担当エリザ。戦略策定担当ドック。技術・メカ担当ミッチ。……

14

「よくこんな方法を思い付いたもんだ」ミッチは日記帳をぱらぱらと捲りながら感心したように言った。

「ドックのおかげだ」サブロウは答えた。

「出掛ける前にドックと相談したのかい?」

「覚えていないが、たぶんしていない。ただし、短い会話はしたようだ。自分宛のメモが残っていた。『大事なことは本人にのみ解ける暗号を使え』って。これは俺の発想じゃなく、ドックのものだろう」

「どういう意味だい?」

「ドックとエリザは身を以て、記憶を消されるという事実を証明してくれた。対策をとらないのは間抜けだろう。記憶を消されるなら、自分宛のメモを暗号で残しておけばいい。たとえ記憶を消されても、いずれ俺はこの日記帳の暗号を再発見すると推測したんだ。そこに追加で自分宛の通信を書いておけばいい」

「エリザは対策をとらなかったんだろうか？」

「彼女はドックが脱出を試みて、記憶を消されたということを確認するために、失敗を覚悟でやったんだろう」

「でも、記憶を消されては確認できないじゃないか」

「自分のためじゃない」

「じゃあ、わたしたちのために？」

「そういうことだろう。おそらく彼女自身は自分宛の通信は残していないと思う。元々、日記を書いていたのなら別だが、いきなり日記を書くのは不自然だし、暗号を隠すのに充分なページ数が埋まるまで何か月も掛かってしまう」

「じゃあ、これからハンドレッズの再結成だね」

「それは、どうしたもんだろうか？」サブロウは考え込んだ。

「どうしたんだい？　もう脱出を諦めるのかい？」

「諦めはしない。だけど、あの二人は充分危険な目にあったんだろう。俺はあの二人と君を厄介なことに巻き込んでしまった。もう一度、巻き込んでいいものかどうか」

「不思議なもんだ。あんたの記憶が消える前、わたしら二人は今と正反対の立場で議論してたんだよ」

「本当に？　それは信じ難い……」

「わたしたちは全員最初から厄介事に巻き込まれていたんだ。あんたはただそれに気付かせてくれただけだ」

「気付かなければ、幸せだったかもしれない」

「わたしは今の方が幸せだけどね。生きていくのには張り合いがあった方がいいに決まっている」

「危険だぞ」

「いや。あんまり危険はないだろ」

「敵は特定の記憶を消去できる程の技術を持ってるんだぞ」

「だから、それだけだろ？」

「えっ？」

「わたしたちが何かしたって、やつらは記憶を消すだけだ。わたしたちがここで生きている時点で殺す気はないし、脱出しても記憶を消してここに戻すだけだ。やつらの目的が何かわからないけど、もし殺す気ならここで世話なんかしないだろうし、記憶を消して戻したりしないだろう」

「なるほど」サブロウは唸《うな》った。「なんだか説得力のある仮説に思えてきたよ」

「実際、そうとしか考えられないよ」ミッチは言った。「少なくともドックは必要だ。彼の洞察力は侮れない。彼の協力がなかったら、敵を欺くことはまず無理だと思う」

「君の電気・機械の技術も余人を以ては代え難い」

「エリザの情報収集能力もね」

サブロウは首を振った。「彼女の能力も卓越している。だけど、脱出に絶対必要とまで言えるだろうか？」

「確かに、彼女の能力は脱出そのものより、脱出前の方が役立ちそうだ。だけど、彼女をチームに入れない理由にはならないだろう。脱出計画を立てるには彼女の力が必要だ」

二人は黙って互いに睨み合った。

数分間経った頃、最初に口を開いたのはサブロウだった。「わかった。このままだと平行線で先に進まない。どうだろう。提案なんだが、まずはドックを仲間に入れないか？ エリザを加えるかどうかは彼とも相談して決めるということで」

「わかったよ。とりあえず、ドックを勧誘することで同意するよ」


書架の前で本を選んでいるドックの下にミッチがやってきた。

「どうした、何か進展があったということか？」ドックは本を探す動作をしながら振り向きもせずに言った。

「サブロウが戻った。そして、記憶を取り戻した」

「それは信じ難い。わたしですら取り戻してはいないのに」ドックは特に動揺などしていない様子だった。

「厳密に言うなら、記憶を取り戻したのではなく、記憶を失う前の自分からのメッセージを解読したんだ」

「それなら、納得だ」

「サブロウはあんたよりうまくやったということだよ」

「そうとは言えない。わたしには自分の記憶が消されることを想定するだけの材料がなかったのだろう。だが、サブロウにはそれがあった。わたしの犠牲のおかげでね」

「あなたともう一人――エリザのおかげでもある」

「ふむ。もう一人いた訳だ。記憶が消されることがわたしだけに起こる特別な事象かどうか確認したんだな。非常に筋が通っている。ということは彼女も記憶を失っているはずだ。連絡はもうしたのか？」

「それについて、サブロウと意見が合わないんだ。あんたも相談に乗ってくれないか？」

ドックは指で顎を触った。そして数秒間考えた後、言った。「わかった。君たちと合流することはリスクを伴うが、ときにはリスクをとらなければ先に進めないこともある。それに、リスクと言っても最悪、敵に何もかも知られた後、記憶を消されるだけだ。どうということはない」

「わたしはエリザを仲間に加えるべきだと思う」ドックは明言した。

ミッチはほら見たことかという表情でサブロウを見た。

ここはミッチの部屋だ。三人の中でまだ目を付けられていない可能性が高いということで、彼女の部屋を作戦会議の場に使うことになった。

ミッチらしく、武骨な部屋だった。机の上にも床の上にも計算式が書かれたメモが散乱していて、それらの間に工具や回路部品が見え隠れしている。

サブロウは車椅子で乗り入れるのに躊躇していたが、ドックは頓着《とんちゃく》せずにそのままばりばりと様々なものを車椅子で踏み付けながら、入室したのだった。それを見て、結局サブロウも意を決して部屋に入った。

「彼女を仲間に加えるのにはリスクがある」サブロウは反論した。

「すでにこの三人が集まるだけで、リスクは冒している。彼女を加えることで、それほど危険が増すとは思えない」ドックは再反論した。

「メリットとリスクを天秤《てんびん》に掛けるべきだ」

「メリットもリスクも正確に評価することはできない。なにしろ、敵のことも外のことも何一つわからないんだから」ドックは肩を竦めた。

「だったら、なおさら、もうこれ以上、リスクをとるべきじゃないんじゃないか？」

「では、なぜわたしを呼んだ？」

「呼ばれて不満だったか？」

「いや、全然」

「だったら、問題ないだろ」

「エリザだって、呼ばれても不満はないかもしれない」

「……俺は全体のリスクのことを考えているんだ」

「どういう意味だ？」ドックは片眉を上げた。

「四人で脱出したら、成功したとしても失敗したとしても、それで終わりになる。ここに残った入居者は全員取り残されることになる」

「成功したときは、もう誰も戻ってこないからね」ミッチが言った。「でも、失敗したときはまた最初からやり直しだろ？」

「さすがに敵もそんなに甘くはないだろう。単に記憶を消すだけではなく、厳重な監視が付くかもしれない。あるいは、何か別の措置をとるかもしれない」サブロウは言った。

「別の措置って？」

「薬漬けにするとか、ロボトミーを施すとか」

「まさか」ミッチは身震いした。

「それが楽しい状態だとは思わない」ドックは言った。「しかし、我々はもう百歳なんだから、その状態はそれほど長く続かないだろう。さほど悲観的になる必要はない」

「自分たちの酷い状況を予想して悲しんでるんじゃない。我々が失敗したら、もう誰も後に続かなくなることを憂えているんだ」

「ああ。そういうことか」ドックは納得した。「じゃあ、誰か一人が残ればいいんじゃないか？」

「その一人にはちょうど記憶を失っているエリザが適任だと言ってるんだ」サブロウは顔を真っ赤にして言った。

ミッチは突然腑に落ちたように頷いた。

だが、ドックは不思議そうに言った。「記憶を失っている状態では駄目だろう。結局、後継者はいなくなってしまう」

「彼女なら、自力でこの施設の異常性を再発見するだろう」

「するかもしれない。だが、確実ではない。なぜ、彼女に真実を知らせることを拒むんだ？」

「ドック、サブロウの心情をわかってやったらどうだい？」ミッチが言った。

「心情？　なぜ、今彼の心情の話を？」ドックは尋ねた。

「心情は関係ない！」サブロウはますます顔を赤くした。「ミッチ、君は黙っていてくれ。話がややこしくなる」

ミッチは肩を竦めて、口を噤んだ。

「彼女に真実を知らせ、その後、彼女をここに残したら、彼女はまるで見捨てられたかのような気持ちになるとは思わないか？」

「さあ、わたしは彼女ではないので、よくわからないが」ドックは言った。

「普通はそうなるんだよ」

「普通はそうなるのか？」ドックはミッチに尋ねた。

「ミッチの意見は参考にしなくていい」サブロウが慌てて言った。

ミッチはまた肩を竦め、呆れたという表情をした。

「じゃあ、どうするんだ？　エリザに何も知らせなければ、結局この施設に残った入居者を見捨てることになる」

「俺が彼女にメッセージを残していく」

「それはまずいんじゃないか？　敵に察知されるぞ」

「『協力者』が俺にやったように何かの暗号で残していくんだ」

「彼女は日記を付けているのか？」

「日記以外の方法もある」

「どんな方法だ？」

「ミッチに協力して貰う。彼女の車椅子が一定距離動いたら、コントロールボックスの蓋《ふた》が開くようにして貰う。そこにヒントを隠しておく」

「それじゃあ、敵にもばれてしまうだろう」

「彼女しか知らない情報を鍵にした暗号にしておくんだ」

「君は一度記憶を消されているから彼女に関する情報なんか知らないだろ」

「わたしが覚えている。すでにサブロウには根掘り葉掘り聞かれたよ」ミッチが口を開いた。

「この方針で問題ないな」サブロウが念を押した。

ドックは片眉を上げた。「その方針が最善であるという確証はないが、全員で脱出することが最善であるという確証もない。君がそうしたいと言うのなら、わたしに異論はない」

「ミッチは？」

「ドックがそう思うなら、わたしも構わないよ」

「よかった。では、俺は一人で暗号の作成方法を考えてくる」サブロウは部屋から出ていった。

「全く不可解な男だ」サブロウが出ていった後、ドックは呟いた。

「いや。とてもわかりやすいと思うよ」ミッチは言った。「サブロウはエリザに特別な感情を持っている。だから、できるだけ彼女を危険な目にあわせたくないんだ」

「二人とも百歳前後なんだぞ」ドックは彼には珍しく驚いたような顔をした。

「恋に年齢は関係ないさ」

「サブロウはエリザとの交流の記憶を持ってないはずだが」

「敵は記憶を消せても恋心は消せないのかも。それとも、恋なんて大して重要じゃないと思ったのかもね。馬鹿なやつらさ」

ドックは無言で腕を組んだ。だが、どことなく愉快そうではあった。

第2部

1

ここまでは順調だ。怖いぐらいだ。

森の中を車椅子で進みながら、ガスマスクを着けたサブロウは地図を眺めて思った。

単に染みだらけの紙に見えるそれはサブロウの部屋の捲《まく》れかけた壁紙の裏面だった。

それが地図だとわかったのはサブロウの荷物の中にあった白紙の意味を考えているときだった。

荷物の中に入っていた白紙は本当にただの白紙に見えたが、どうやら一度濡《ぬ》れたらしく、紙は凸凹になっていた。

それを見たとき、サブロウはどこかで見たような気がしたのだ。そして、部屋の中を一時間ほど探し回って、捲れかけた壁紙の滲《にじ》みにそっくりだということに漸《よう》や《や》く気が付いた。

サブロウは壁紙を慎重に剝《は》がし、白紙と比較してみた。

白紙の凸凹は壁紙の滲みにとてもよく似ていた。それも全体ではなく、壁紙の滲みの極一部が白紙の凸凹に酷似していたのだ。

サブロウは白紙を自分が記憶を消される前に作った森の地図ではないかと疑っていたのだが、その一部と一致したということは壁紙自体がこの施設の周辺の地図だということになる。

そして、壁紙を裏返すと、それまで気付かなかったのだが、細い線が描かれていた。壁紙を透かして見ると、その細い線は滲みと全く重ならないことがわかった。

この線は施設から脱出するための順路であると考えると辻褄《つじつま》が合う。

サブロウは自分の仮説をドックとミッチに伝えた。

二人はサブロウの推理がほぼ間違いないだろうと言った。そして、その日のうちに三人は脱出を決行したのだ。

地図が手に入ったのなら、これ以上、日程を延ばす必要などないと考えたからだ。

三人がそれぞれ、指貫《ゆびぬき》を装備し、外に向かう。今回も指貫は鍵《かぎ》として正しく機能した。

外に出ると、三人の車椅子は縦に真っ直ぐな配置をとった。それぞれの間隔は五メートル近くあった。三人が固まっていたら、何かが起きたとき全滅してしまう可能性が高いので、このような配置をとったのだ。先頭はサブロウで次がミッチ、最後がドックだった。

「三人のうちの誰かに、異変が生じた場合、残りの二人はその人物を助けることは考えず、それぞれが生き延びるために最適だと思う行動をとるように」サブロウはミッチとドックに言った。

「当然だ。危険だと言っても、記憶が消される程度だろう。全滅を避けるために、それぞれが自分のことだけを考えるべきだ」ドックが言った。

車椅子はミッチによって改造されていたので、出そうと思えば、時速三十キロでも出すことはできたが、地面に凹凸も多いため、速度は時速十キロ程度とし、特に凹凸が大きかったり、石が多い場所では時速五キロ以下で進むことにした。

「結構、広い森だな」ドックが言った。声はミッチの用意したイヤホン型通信機から聞こえてくる。「施設のある場所が京都郊外という認識はやはり間違っていたようだ」

「京都でも、山岳地帯に行けば結構森があるけど、ここはほぼ平地だからね。たぶん京都ではなさそうだ。そして、東京や大阪でもなさそうだ」ミッチが答えた。

「出発するまで、地図の縮尺は不明だったが、これまでの道程からだいたい推定できる。地図の一センチが実際の五キロ程度だろう」

「だとしたら、この地図の範囲はおおよそ五十キロだということになる。十時間以内に森から出られそうだな」サブロウが言った。

「それは楽観的に過ぎないか？　地図の端がゴールだとは限らないだろう」ドックが慎重な意見を述べた。

「わざわざ中途半端な地図を渡してくる意味はないだろう。嫌がらせじゃあるまいし」

「ふむ。どうして、嫌がらせじゃないとわかるんだ？」

「だって、『協力者』が嫌がらせをするはずないじゃないか」

「『協力者』というのは、君が希望的観測で名付けたんだろ？」

「ちょっと待ってくれ。あんたは『協力者』が味方でないと言うのか？」

「『協力者』に悪意がある証拠はない。しかし、全幅の信頼を寄せる根拠もないだろう」

「わざわざ地図を隠しておいたり、指紋指貫を作ったり、暗号を寄越してくるなんて、面倒なことをしていること自体が根拠だろ」

「わたしは逆にそこが気になる。どうして、こんなにまどろっこしいんだ？　まるでゲームをしているみたいじゃないか」

「『協力者』が俺たちを弄《もてあそ》んでいると思ってるのか？」

「だから、証拠はないと言ってるだろう。可能性の話をしているんだ。あらゆることを想定しておいた方がいい」

「じゃあ、もし『協力者』が敵だとしたら、目的は何なんだよ？」

「お話し中、悪いんだけど……」ミッチが口を挟んだ。

「仲裁の必要はない」サブロウは言った。「喧嘩《けんか》をしている訳じゃないんだから」

「わざわざ男の子同士の喧嘩を仲裁するような野暮なことをする気はないよ。もっと重要なことだ。簡易レーダーの表示によると、あんたの十メートル先にトラップがある」

サブロウは慌てて急ブレーキを掛けた。あまりに急に止まったので、危うく車椅子から飛び出してしまうところだった。

「それならそうと早く言ってくれ」

「ご歓談を邪魔したら申し訳ないと思ってさ」

サブロウは袋の中から眼鏡型の双眼鏡を取り出し、覗《のぞ》いた。

数メートル先に細い糸のようなものが水平に張ってあるのがわかった。地面からの高さは三十センチ程だ。

このようなトラップには数キロごとに遭遇する。まずは回避できる道がないかを確認する。回避できるなら、それに越したことはない。岩や木や急な斜面などが邪魔して、横道にそれることができない場合は、糸の上を通るか、下を潜るかだ。糸の高さが十センチやそこらなら、三人でなんとか車椅子を持ち上げて一台ずつ、糸の上を通す。車椅子の重さは二十キロ程度なので、短時間ならなんとか持ち上げることができる。逆に五十センチ以上ある場合は折り畳んで、糸の下を潜らせる。手間はかかるが実はこっちの方が体力を使わないだけ楽なのだ。一番厄介なのが、今回のように糸の高さが三十センチぐらいの場合だ。上を越すことも下を潜らせることも難しい。

サブロウは車椅子を近付けて、糸の様子を観察した。

糸の長さは三メートルで、道一杯に張られている。両端は道から少しはずれたところにある木の幹に取り付けた一辺十センチ程度の金属製の小さなボックス状のものに繋《つな》がっていた。

「これは解除できそうか？」サブロウはミッチに声を掛けた。

ミッチは近付いて、ポケットから出した装置のアンテナを立てて、ボックスに近付けた。

「おい、変な電波を当てたりしたら、作動してしまうんじゃないか？」

「これは自分から電波を出さずに受信するだけだから心配ない」ミッチはダイヤルを調整しながら、何かの測定を続けた。「特に何も発信していないようだ。だけど、糸が切れた瞬間に警報を発信するのかもしれない」

サブロウはぽりぽりと頭を掻《か》いた。「車椅子を三十センチまで持ち上げる自信はあるか？」

「それはやめておいた方がいいな。腰か膝《ひざ》を痛めたら、しばらく立てなくなるかもしれない。最悪の場合、しばらくどころか二度と立てなくなる」ドックは否定した。

「この糸を何か――例えばここに杭《くい》を立てるとか――に固定すれば、糸が切れてもテンションが掛かったままになるので作動を防げるんじゃないか？」

「触れただけで作動するかもよ」ミッチが言った。

「そんなに敏感なことはないだろう。雨も降るだろうし、昆虫や小動物がぶつかることもあるはずだ」

ミッチはルーペを取り出し、糸を観察した。「杭を打ち込むにしても、どうやって固定するかの問題もあるね。できればこの糸に触りたくない」

ドックはボックスの観察を始めた。「ネジ穴がある」

「たぶん、罠《わな》じゃないだろう。のこのここを通るやつがボックスを分解するなんて想定してないだろうからな」サブロウが言った。

「ミッチ、これを分解すれば、どのような機構で動いているかわかるんじゃないか?」

ドックが尋ねた。

「分解できればね」

「だから、ネジ穴がある」ドックが繰り返した。

「ダミーかもしれない。そして、ダミーじゃなくても、分解すれば必ず震動が起きる」

全員が無言になった。

「どうやら、わたしたちの旅もここで終わりのようだね」ミッチが残念そうに言った。

「どうして?」サブロウが言った。

「どうして?」同時にドックが言った。

「いや。もう万事休すじゃないか。これ以上、進みようがない」

ドックはしばらく考えてから言った。「進むことは問題ない」

「そうだ。戻るぐらいなら、警報機を作動させたとしても、このまま進んだ方がいい」

サブロウが同意した。

「逃げ切れると思っているのかい?」ミッチは目を丸くした。

「そんなことを言うなら、今この時点で、施設内の警報が鳴り響いているかもしれないじゃないか。警報なんか怖がっている場合じゃない」

「確かに、一理あるね。わたしたちは脱出してきたんだから、警報機を恐れて戻ったりするのは馬鹿げている。でも、自分から警報機のスイッチを入れるのも馬鹿げているんじゃないか？」

「別に、無理に入れる必要はないんだ。とりあえず解除する方針で進めよう。もし作動してしまったら、そのときは大急ぎでゴールを目指すしかない」

「わかったよ。わたしにやれっていうんだね」ミッチはもう一度ボックスを観察した。そして、自分のガスマスクをはずした。

「おい。何してるんだよ？」サブロウが驚いて言った。

「こんなもの着けてたら、顔を近付けて作業ができない」

「ガスが出たらどうするんだよ？」

「たぶん睡眠作用があるだけだ。死にはしない」ミッチはすでに作業を始めていた。ポケットから取り出したドライバーであっと言う間に蓋《ふた》をはずす。中にはさらに小さなボックスがあり、糸の端はその中にあるようだった。

「なかなか厳重だね」ミッチはさらに分解を続けた。糸の端はバネに固定されていた。糸が切れた瞬間に、バネの力でスイッチが入る機構のようだった。

「これは単純だ。解除できるよ」ミッチはスイッチ部分をニッパで切って常にオフ状態になるよう細工を施し、糸も切断した。

「終了。さあ、行くよ」立ち上がった途端にミッチは突然目を瞑《つぶ》り、身体が大きく前に傾いた。

サブロウとドックは慌てて、ミッチの身体を支えた。

「大丈夫だ。息はある」ドックは確認した。「おそらくミッチが思っていたより、トラップは複雑だったんだ。ガスが噴射したんだ」

「どうする？　この場で介抱するか？」サブロウが尋ねる。

「この付近はガス濃度が上がっている可能性が高い。とにかく車椅子まで運ぼう。それから、後退だ。少なくとも百メートルは戻ろう」ドックが判断した。

二人掛かりでミッチの身体を引き摺《ず》って、なんとか車椅子に乗せ、モーターを動かして、元来た方向へ進んだ。

「ミッチ、大丈夫か？」サブロウが呼び掛けながら身体を揺すった。

「うんんんん」ミッチは目を瞑ったまま、不機嫌そうな声を出した。

ドックはミッチの胸に耳を当てた。「緊急事態だから、仕方がない」

「誰も文句なんか言わないよ」サブロウが答えた。

「大丈夫だ。呼吸も鼓動も正常だ」

「問題なのは、精神の方だな。記憶は正常なのか？」

「ミッチ、目を覚ますんだ！」ドックは身体をさらに揺すった。

「何？　眠いんだよ」

「ミッチ、今は逃亡中だ。眠ってはいかん」

だが、ミッチはそのまますうすうと寝息を立て始めた。

「今、起こすのは無理なようだ」ドックは片眉《かたまゆ》を上げた。「どうする？」

「俺が決めるのか？」

「リーダーは君だ」

「いつもはずけずけと俺に文句を言ってるじゃないか」

「わたしは意見を言っているだけだ。決定するのは君だ」

サブロウは唇を噛《か》みしめた。「じゃあ、まずあんたの意見を聞かせてくれ」

「方向性としては大きく二つある。このまま進むか、戻るかだ」

「それには同意する。それぞれの方策のメリットとデメリットは？」

「このまま進んだ場合のメリットは当初の計画と大きな乖離《かいり》はないということだ。ガスの影響が一時的なものなら、ミッチはすぐに目を覚ますだろう。デメリットは少なくともこれから先しばらくはミッチの面倒をみながら進まなくてはならなくなることだ。あと、最悪の場合だが、ミッチの容態が悪化する可能性がある」

「ああ。そうだな」サブロウは自分の額に手を当てた。

「戻った場合のメリットはミッチの回復が確実になるということだ。デメリットは我々にはおそらくもう脱出のチャンスは訪れないということだ。それと、戻るにしても結局ミッチの面倒はみなくてはならなくなる」

「どうやって運ぶ？」

「車椅子の自動運転は難しい。どちらかの車椅子と繋ぐしかないだろうな」

「モーターに相当負荷が掛かるんじゃないか？」

「それは仕方がない。三つの車椅子のモーターを順番に使って、壊れるのを先延ばしにするしかないだろう」

「現状分析は、それで終わりか？」

「ああ」

「で、お勧めはどっちだ？　行くのか？　戻るのか？」

「結局、わたしに決めさせる気か？」

「いや。参考にするだけだ。俺は独裁者だから、あんたの意見は聞いても無視する」

「我々の好奇心よりミッチの命だ。そもそも記憶を消されれば、今までの好奇心も消えてしまう」

「よし、あんたの意見に従おう。すぐに戻るぞ」

「おい。話が違うじゃないか。わたしが決定したことになっている」

「違うことはない。俺は独断で『ドックが何を言おうとも、その意見に従う』と決めたんだ。だから、もちろんこの決定は俺の独断だということになる」

「そんな屁理屈《へりくつ》は初めて聞いたよ」

「俺もだ」

「よし、とりあえず、車椅子同士を連結する方法を考えよう。ミッチの手助けがないと結構苦労しそうだ」ドックが車椅子の構造を確認し始めた。

「わたしは反対だよ」ミッチが突然目を開いた。

「気が付いたのか」サブロウの顔から笑みが零《こぼ》れた。

「脱出に参加するときから危険は覚悟の上だし、誰かに異変が生じても、残りの人間は助けることを考えないって約束のはずだ。今までの経緯から普通に考えれば、わたしを放置しておけば施設の人間が回収しにくるに決まってるだろ」

「そうかもしれないけど、意識をなくした人間を長時間放置なんかできる訳がない」

「もちろん、わたしだって放置はされたくない」

「だったら……」

「だけど、わたしを連れて施設に戻るのは合理的じゃない。地図を見てごらん」

　サブロウは地図を広げた。

「施設の位置は？」

「ここだ」サブロウは地図の端を指差した。

「目的地は？」

「ここだ」サブロウは地図のもう一方の端を指差した。

「現在地は？」サブロウが指差した場所は施設よりも目的地にやや近い場所だった。

「もう戻るより進んだ方が早いんだ。わたしの治療だって、あの施設よりましな場所が外にはいくつもあるだろう。施設でなく、ゴールを目指すのが合理的だよ」

「そんなことを言うけど、ここから先は未知の領域だ」

「今までだって、未知の領域だったけれど、やってこられたじゃないか」

「しかし……」

「これはわたしの希望だ。わたしはあそこに戻りたくない。本当に外で治療を受けたいと思っている」

「わかった。君の希望通りにしよう」

「おい！」ドックが言った。「目的地と言ったって……」

「しかし、ミッチの希望なんだ」

「頼むよ、絶対に。約束だ」ミッチはサブロウの手を握った。

「わかった。先に進むことにする」

「待てよ。ミッチは今、治療って言ったぞ。意識を取り戻したのに、なぜ治療が必要なんだ？」

その瞬間、ミッチの頭はだらりと垂れた。再び意識を失ったのだ。

「呼吸も鼓動も正常だ」ドックが言った。「でも、今のは何だったんだ？」

「本来、意識を失い続けているような状態だったんだが、強靭《きょうじん》な意志で一分も喋《しゃべ》り続けたんだろう。全く凄《すご》い婆さんだ」

「同意する」ドックは片眉を上げた。「じゃあ、わたしは車椅子の連結作業を始める。施設に着くのは夜になると思うが……」

「なぜ施設に？」

「施設に戻るというのは、さっきわたしと君との話し合いで決まったじゃないか」

「その後でミッチとも話し合った」

「問題外だ。彼女はガスの影響下にあった」

「しかし、話し合いの結果、先に進むという結論に至ったぞ」

「それは彼女を安心させるための方便だ。……と思ってたんだが」

目的地に向かうというのは、彼女との約束だ」サブロウは眠っているミッチを見た。

「わたしの意見を言わせて貰《もら》うと、今、話題になっている目的地というのはあくまで仮のものだ。そこに何かあると決まった訳ではない。その先にも森が続いている可能性がある」

「だったら、さっきそう言えばよかったじゃないか」

「さっきは、ミッチの思いに逆らわない方がいいと思ったんだ」

「じゃあ、仕方がないな。ミッチが眠ってしまったから、俺たちだけではさっきの決定はひっくり返せない」

「そんな屁理屈は初めて聞いたよ」

「俺もだ」

男二人は協力してなんとか二台の車椅子を連結し、目的地へ向けて出発した。サブロウの車椅子が先導で、その後ろをミッチの車椅子を牽引《けんいん》したドックの車椅子が続く。

途中何度か糸のトラップに遭遇したが、下を潜るか上を通ることでなんとかやり過ごせた。しかし、ミッチの助けなしで、かつ彼女の身体も運ばなくてはならなかったので、今までとは比較にならないぐらい骨が折れた。一つのトラップを潜るのに一時間以上掛かるため、目的地までまだ十数キロの地点で日が暮れてしまった。

「さて、どうする？」サブロウはドックに尋ねた。「ここで野宿をするか、このまま進み続けるか、どっちが安全だと思う？」

「どっちが安全かを判断する材料はない。だが、このまま進み続けるのは生理学的に不可能だ。……つまり、くたくたで動けない」ドックは素直に答えた。

「実を言うと、俺もなんだよ」

ミッチは車椅子で眠るままにしておき、二人は地面に横たわった。夜になるとかなり気温が下がる上に、土の上に直接寝るのは高齢者にとって全くいいとは思えなかったが、全身が痛くてこれ以上、車椅子に座り続けるのは無理だったのだ。仕方なく、できるだけ雑草が多く生えている場所を探してそこを寝場所にした。

「夜中に熊とか猪とか野犬が来たらどうする？」サブロウが尋ねた。

「ここが日本だと仮定すると猛獣はそれぐらいだが、外国だったら、ライオンとか鰐《わに》がいるかもしれないぞ」ドックが答えた。

「でもまあ熊が一番厄介な気がするな」

「用意してきたパチンコで追い払うしかないな。当たれば怪我をするぐらいの威力はあるはずだ。最悪接近戦になったら、ミッチが作ったスタンガンで撃退する」

「二つとも熊に効くのか？」

「それはまあ、使ってみないことには何とも言えない……。何だ、今のは？」

「どうした？」

「音がした。君には聞こえなかったか？」

「申し訳ないが四六時中耳鳴りがしているので、よくわからない」

「しっ！」ドックは立ち上がった。「くそっ！　何も見えない」

「暗視ゴーグルがあればいいんだが、さすがにミッチでも作れなかったみたいだ」

「手持ち型のサーチライトならある」

「だけど、使ったら、こっちの存在もばれてしまうぞ」

「すでにばれている可能性が高い。パチンコを用意してくれ」ドックは袋からサーチライトを取り出した。

「命中させる自信がない。あんたが使ってくれ」サブロウは手に取ったパチンコをドックに渡そうとした。

「わたしにもない。どちらが使っても同じことだ」ドックは目を瞑った。耳を澄まして音源の方向を探しているようだった。

「こっちだ‼」ドックはサーチライトを点《つ》けた。

闇の中に機械の姿が浮かび上がった。空中に浮かんでいる。大きさは三、四十センチ程度で、横に平たい形状でふらふらと漂っている。

「ドローンだ！　早く撃て！　見失う前に!!」

おっと、そうだった。

サブロウはドローンに向けてパチンコを発射した。パチンコと言っても構造は弓に近く、弾が当たれば、相当な打撃があるはずだ。一発撃つだけでも結構疲れた。

弾の行方は見えなかったが、数秒経っても反応がなかったので、どうやらはずしたらしい。

「やっぱり当たらなかったよ」サブロウが肩を落とした。

「まあ、それは仕方がない」ドックが言ったのと同時にドローンはすっと姿を暗ました。

「まずいな。完全にこっちを見られた」

「あれが敵のものだとは限らないんじゃないか？」サブロウが言った。「協力者が送り込んできたものかもしれない」

「希望的観測をしたいのはわかるが、ここはシビアに考えるべきだ。我々の居場所が敵に知られてしまったと仮定しよう。どうすればいい？」

「場所が知られたなら、まもなくここに彼らがやってくるはずだ。年寄り二人が迎撃する訳にもいくまい。さっさとここを引き払うしかないだろう」

二人は車椅子に乗り込むと、すぐに出発した。

車椅子に取り付けたサーチライトが前方を照らす。もはや見付かる心配をしている場合ではない。

「速度を時速二十キロまで上げよう」サブロウが提案した。

「それは危険じゃないか？　何かの拍子に放り出されたら、かなりの怪我を負いそうだ。しかも、今は真夜中だ」

「じゃあ、十五キロだ」

「今と五キロしか変わらないぞ。気休めにしかならないんじゃないか？」

「いや。数百メートルの差で逃げ切るような状況だってありうる。できるだけ速く進むに越したことはない」

「わかった。速度を上げよう」ドックはしぶしぶ同意した。

時速十五キロと言えば、軽快に走る自転車ぐらいの速度だ。百歳の老人にはかなりの速度に感じられた。しかも、サーチライトの光は百メートル程しか届かない。

「簡易レーダーの感度を最大限に上げてくれ」サブロウが言った。「俺は前方を見張る。あんたは後方担当だ」

「了解した。……悪いニュースがある」ドックが静かに言った。

「どうした？」

「さっきのドローンらしきものが追跡してきている」

「確かに悪いニュースだが、完全に想定内だ。距離と速度は？」

「距離は二百メートル。速度は秒速四・二メートル、つまり時速十五キロだ」

「我々の速度とぴったり一緒なのは偶然か？」

「おそらくそうではない。ドローンの目的は我々を見失わないことだ。今頃、時速百キロで追跡部隊が迫っているんだろう」

「あいつを撒《ま》けるかな？」

「今すぐ、車椅子から飛び降りて、森の中に隠れれば、ドローンは無人の車椅子を追い続けてくれるかもしれない」

「本気で言ってるのか？」

「わたしは可能性について話しているんだ」

「徒歩だと百メートル歩くのもやっとだぞ。我々が車椅子から降りて森の中に隠れるまでの余裕は四十数秒しかない。そもそも俺たちは飛び降りたりできないから、いったん車椅子を止めないといけない。その時点でこっちの意図は丸見えだろう」

「だから、可能性の話をしている。実行可能だとは言っていない」

「だったら、何か実行可能な作戦を考えてくれ」

「こちらからドローンに近付く」

「どうして、それがドローンを撒く作戦なんだ？」

「君がパチンコでドローンを撃ち落とすんだ。そうすれば時間稼ぎができるかもしれない」

「無理だ。さっきので限界だよ。もう腕に力が入らない」

「だとしたら、策は一つしかない」

「何だ？」

「このまま運を天に任せて逃げ続ける」

「……アドバイス、ありがとう」

「どういたしまして」

ドックは皮肉だと思わなかったのかもしれないが、サブロウにはそれを確認する気力すらなかった。

そのまま数十分走り続けた頃、サブロウはレーダーの反応に気付いた。

「ああ。……こっちからも悪いニュースがある」サブロウは唇を噛みしめた。

「もったいぶらずに早く教えてくれ」ドックは冷静に聞き返した。

「三百メートル程先にトラップがあるようだ」

「なるほど」

「どうすべきだと思う？」

「今まで通り回避するか、ミッチがやったみたいにボックスを分解してセンサーを解除するか、そのまま突っ切るかだ」ドックは言った。

「その三つは俺だって思い付いたよ」

「回避には小一時間掛かる。ドローンに見張られている状態では、現実的ではない。ボックスの分解は特殊技能を持っているミッチですら失敗している。我々にできることではないだろう」

「じゃあ、このまま突っ切れって言うのか!?」サブロウは半ば怒鳴り声で言った。

「我々はすでに見付かっている。センサーに掛かっても問題ないだろ」

「トラップが作動するぞ」

「今のところ確認されているトラップは催眠ガスだけだ。そして、ガスマスクの効果は先程確認済みだ。今回はミッチにも装着させているから新たな影響が出る可能性はない」ドックは全く焦りを見せずに話し続けた。

「ガス以外のもっと危険なトラップが発動する危険があるだろう。ここまで来たやつにはそもそもガスが効かないってことなんだから」

「その可能性はある。だが、わたしはリスクをとるべきだと考える」

「根拠は？」

「ない。だが、それは脱出前に聞くべきことだった」

「確かにそうだ」

そう。今更、リスクをとることを躊躇《ちゅうちょ》するのは馬鹿げている。ここまできたら、後は突き進むしかないのだ。

「よし、このまま前進だ」

「了解した」

「あと五十メートル」

「これはまずいかもしれない」ドックがレーダーを見て言った。

「どうした？」

「ドローンが停止した」

「それのどこがまずいんだ？　ドローンが離れるのはいいことじゃないか」

「わからないのか？　ドローンは退避したんだ」

そのとき、軽い衝撃とぷつんという音が聞こえた。

「どっちにしてももう手遅れだ」サブロウは言った。「見ろ。何も起こらない。やはりガスだけだっ……」

ぶん。

それは微《かす》かだったが、不吉な音だった。

車椅子のサーチライトとモーターが同時に止まった。

サブロウたちは車椅子から地面に投げ飛ばされた。

激しい衝撃を受け、サブロウはしばらく息をすることもできなかった。十秒以上もがき続け、なんとかひゅうひゅうと風のような音を立てながら、呼吸ができるようになった。

明かりが消えて何も見えない。

「ドック……生きてるか……」サブロウは掠《かす》れ声で呟《つぶや》いた。

返事はない。

サブロウは絶望に包まれた。

俺は何をしてるんだ？　自分のつまらない好奇心を満たすために、仲間たちを危険の中に放り込んでしまった。どんなに困難でも俺一人でやり遂げるべきだったんだ。ドックとミッチが死んでしまったら、もう償いようがない。

「ドック、返事をしてくれ！」サブロウはよろよろと立ち上がった。

手足を動かしてみる。暗い上に痺《しび》れていてよくわからないが、どうにか動かせるようだ。

「ドック、どこだ？」サブロウはドックたちがいると思われる方向に進んだ。

数歩で、何かにぶつかった。

彼はその場に倒れ込んだ。

そこにはドックかミッチの身体らしきものがあった。

「ドックなのか？　大丈夫か？」

「ああ。死んではいないらしい。真っ暗だな」ドックの力ない声が返ってきた。「ドローンが停止した時点で、この状況は予測できていた。わかってはいたんだが、言葉や行動にできなかったんだ。やはり年齢の影響は無視できない」

「ミッチの状態はどうだ？」

「彼女の状態は変わりない。呼吸も鼓動も正常だ。衝撃で、一瞬目を覚ましたが、また眠ってしまった」

「何が起こったんだ？」

「おそらく電磁パルスだ。対応していない電子機器はすべて回路に瞬時に大電流が流れて壊れてしまう。ドローンは巻き込まれないように退避したんだろ」

「ひょっとしてイヤホン型通信機も機能していないのか？」

「当然だろ」

ドックが呼び掛けに応《こた》えなかった理由がわかった。単純に通信機の故障で聞こえなかったのだ。

「わたしのミスだ」ドックが言った。

「いや。俺の判断ミスだ」サブロウはその場に座り込んだ。「とりあえず、助けが来るまでここで待とう」

「助け？」

「施設からの救援が来るはずだ」

「それでは、計画は失敗になってしまう」

「いや。もう失敗してるだろ」

「まだ、終わっていない」ドックは言った。「君はまだ歩けるだろ」

「歩いていくというのか？　俺たちはともかくミッチは無理だ」

「だから、わたしがミッチと一緒に残ることにする」

「俺一人で行けというのか？」

「それが合理的な判断だ」

「一人だけ逃げ出す訳にはいかない」

「出るときの約束を忘れたのか？　『三人のうちの誰かに、異変が生じた場合、残りの二人はその人物を助けることは考えず、それぞれが生き延びるために最適だと思う行動をとるように』。君は一人でも脱出を完了させるべきだ」

「でも、あんたらはどうなるんだ？」

「記憶を消されるだけだろう。どういうことはない。ただ、君まで記憶を消される必要はない」

「ロボトミーを施されたり薬漬けにされたりするかもしれない」

「その可能性は殆《ほとん》どないし、仮になったとしても、苦痛は最小限だろう」

「俺だけ逃げてどうなるんだ？」

「君がここに留《とど》まれば、今までの我々の苦労がすべて水の泡になる」

「だったら、あんたが行けばいい。ミッチは俺が面倒をみる」

「残念ながら、わたしはもう脚が動かないんだ。ひょっとすると折れたのかもしれない」

「俺だって、歩けない」

「今さっき、ここまで歩いてきたようだが？」日の出前の薄明かりの中でドックが片眉を上げるのが見えた。

サブロウはドックの下半身の辺りを探った。

べったりとした液体の感覚があった。

相当な怪我をしているようだ。だが、サブロウは迷った末、それをドックに教えるのはやめておいた。もっとも、すでに本人は気付いているかもしれない。

サブロウはゆっくりと立ち上がった。

「歩けたとしても百メートルぐらいだろう」

「構わない。一歩でも先に進むんだ」ドックはミッチを抱きよせた。「それが未来への唯一の道だ。ミッチのことは気にするな。彼女はわたしが必ず守る」

サブロウは頷《うなず》いた。

そして、朝焼けに包まれ、森の中を歩み始めた。

2

真っ赤な朝焼けだった。

サブロウは森が燃えているのではないかと何度も錯覚し、そのたびに、これはただの朝焼けだと自分に言い聞かせた。不思議なことに炎だと錯覚している間は熱を感じているようで、汗がだらだらと流れ、鼓動が激しくなり、呼吸が乱れた。

もうそれほど長くないかもしれない。

何となくそう感じた。そして、感じてから、「長くない」というのは、果たしてどのぐらいのスパンのつもりなのかと自問自答した。数時間と数年間では意味合いが違ってくる。

地図で現在位置を確認すると、どうやらゴール——サブロウが森の出口だと考えている地点まではほんの数百メートルのようだ。

ほんの数百メートル。

サブロウは危うく笑いの発作を起こすところだった。

若い頃の思考の習慣で、数百メートルを「ほんの」などと考えてしまった。若ければ数分で踏破できる距離だ。今だって、車椅子さえあれば、簡単に到達できる。だが、徒歩だと数十メートル進むだけで、息が止まりそうだ。脚もがたがたと震えて、うまく動かせなくなってきた。このままだと、百メートルも進まないうちに這《は》わなければならなくなるかもしれない。

サブロウは木の幹に手を掛けて休憩した。座り込みたかったが、一度座り込んでしまったら、もう立てなくなるような気がしたので、凭《もた》れ掛かるだけにしておいた。

目がちかちかして、景色がぐにゃぐにゃと変形する。

サブロウは目を瞑って、呼吸を整えようとした。

世界が恐ろしい勢いで、ぐるぐると回っている気がした。

慌てて目を開く。

世界はそこにあった。だが、重力が捩《ね》じれて世界がひっくり返りそうだった。

さすがにもう無理かもしれない。これ以上、無理をしたら、きっと俺の心臓は止まってしまうだろう。ここで倒れていれば、すぐに追手が見付けてくれるだろう。

サブロウは身体の力を抜いた。全身が膝からぐらりと崩れていくのが感じられた。敗北の苦い味がしたが、その苦さはむしろ心地良くさえあった。

いいじゃないか。俺は精一杯頑張った。


一歩でも先に進むんだ。それが未来への唯一の道だ。


突然、ドックの声が聞こえた。

サブロウは木の幹の微かなでっぱりを摑《つか》み、危うく倒れてしまうところだった自分の身体を支えた。そして、後ろを振り返る。

ドックの姿はなかった。

今のは実際に聞こえた訳じゃない。記憶の中のドックの声が蘇《よみがえ》っただけだ。幻聴の類《たぐい》といってもいいだろう。だが、その声はサブロウに倒れ込むことを許してはくれなかった。

そうだ。ドックは俺に進めと言った。

ミッチのことは気にするな。彼女はわたしが必ず守る。

信じているぞ、ドック。

サブロウは大きく息を吸い込んだ。そして雄叫《おたけ》びを上げようとした。

だが、それは蚊の鳴くような声でしかなかった。

まあ、仕方がない。俺は百歳だからな。それにでかい声を出したりしたら、敵に見付かってしまうかもしれない。

雄叫びは上げられなかったが、そうしようとしたことによって、勇気が湧いてきたような気がした。

そして、また一歩を踏み出した。

そう。俺はまだ歩ける。

サブロウは一歩一歩慎重に進んだ。一歩進むたびに頭はくらくらし、激しい痛みを伴ったが、それでも進むのだ。

いったいどこまで進めるのかわからない。一歩ごとにこれが最後だという気がしたが、なんとか歯を食い縛り、次の一歩を踏み出す。おそらくそれができるのもあとせいぜい数歩だろうと思うが、そう思いながらも、百歩以上は進んでいるような気がする。もちろん、もう自分の歩数を数える余裕はなくなっているので、百歩だと思っているのがほんの十歩である可能性もある。あるいは、千歩の可能性も。

そんな訳ないか。

サブロウは苦笑いをした。

ぐらりと身体が揺れた。

一瞬、意識が飛んだような気がする。

そろそろ終わりなのかもしれない。ゴールを見ずに終えるのは悔しい気もするが、したいことができたのだから悔いはない。

ここで倒れて追手に追い付かれて、記憶を消されたなら、そもそも悔しいという思いも消えてしまうだろう。

あるいは、そのまま死んでしまうかもしれない。その場合ももう悔しがることはない。なんだ。だったら、何も心配する必要はないじゃないか。俺は一歩ずつ進めばいい。

ええと。なんだっけ？

意識が朦朧《もうろう》となりつつあった。記憶も途切れ途切れだ。今、自分が何から逃げているのかすら判然としない。

一歩でも先に進むんだ。それが未来への唯一の道だ。

いったい誰だ？　そんな世迷言《よまいごと》を言うのは？

もう意識を保つことすら難しくなってきた。いろいろな考えや記憶が頭の中を走馬灯のように飛び回り、何が現実かを判断するのが難しくなってきた。

意識も記憶もまるでパズルの断片のようだ。

漸く森の出口らしきものが見えた。

ぶうんぶうんぶうん。

羽音が煩《うるさ》い。

見上げると、頭上を何匹かの蠅が飛んでいた。

頭がくらくらする。

本当に俺は大丈夫なんだろうか？　無事、この森から出られるのだろうか？　そもそも森から出るという俺の判断は正しかったのだろうか？　そもそも、あそこから逃げなくてはならない理由はあったのか？　いや。あったとしても、それが妄想でないとどうして言い切れる？

サブロウは上着のポケットを探った。

小さく折り畳まれた黄色く変色した染みだらけの紙が出てきた。

それには、うっすらと消え入りそうな曲線が一本書かれていた。ほぼ直線に近いが、所々ぐねぐねと曲がった蚯蚓《みみず》のような曲線だ。それはただの落書きのように見えた。

ぶうんぶうんぶうん。
羽音が喧《やかま》し過ぎて考えが纏《まと》まらない。
サブロウは見上げた。
蠅が飛び回っている。相当大きな蠅だ。
目がちらちらして蠅たちが二重に見える。何匹いるのかすら判然としない。
そう。蠅たちの大きさはほぼ人間と同じぐらいあったのだ。
サブロウの鼓動は激しくなった。
あれは実在するのか、それとも俺の脳が作り出した幻なのか？
羽音が大きくなった。どうやら降下してくるようだ。
それは歪《ゆが》んで極めて聞き取りにくい声だった。だが、紛れもなく人語だった。
「お帰り。君が戻ってくるのをずっと待っていたよ」

3

サブロウは心地好《よ》い温《ぬく》もりに包まれていた。

子供の頃、寒い冬の朝、ほかほかの布団に包まれて、惰眠を貪《むさぼ》っていたときのことを思い出した。もう起きなくてはならないとわかっていながら、うつらうつらと布団の王国を支配するあの快感だ。

ここはどこなんだろう？

そんな疑問が浮かんだ。

きっと目を開ければ、そこに答えはあるのだろう。だが、到底そんな気にはなれなかった。今は半分眠っている状態で、何が夢で何がうつつなのかわからないのだ。もし目を開けたりしたら、目が覚めて、現実を見据えなければならなくなる。そんなことになるぐらいなら、何も知らない方がましなような気がしたのだ。

俺を待っている現実とはどんなものなんだろう？

一つの可能性としては、自分が今敵の手に落ちているというものがある。俺は、ベッドの上で眠らされている。そして、その傍らには、今まさに処置をしようとしている医師たちがいる。その処置とは、きっと何かを注射するとか、脳にメスを入れるとかいった類のものだろう。あまり、気持ちのいいものではないが、眠っているうちに行われるのなら、そんなに苦しいものではないのかもしれない。このまま眠り続けるのが最善の方策に思える。

別の可能性としては、自分は依然として森の中にいて、地面の上で冷たくなりかかっているというものだ。五感が麻痺《まひ》して、幻の温かみを感じているのかもしれない。きっと、この心地良さも死の瞬間に大量放出されるという脳内の快感物質のなせる業なのだろう。だとしたら、これ以上の抵抗をせずに静かに死の世界に向かいたい。今更、死に抗《あらが》っても苦しさが長く続くだけだ。

さらに、もう一つの可能性は、すでに自分は死んでいて、ここが死後の世界だというものだ。死後の世界の存在について、サブロウ自身は懐疑的であったが、現実に存在していても、それほど不思議ではないと感じていた。例えば、ゲームの世界のキャラクターを操作しているのは、この世界のプレーヤーであり、ゲーム内でキャラクターが死んだとしても、現実のプレーヤーは死なずに生きている。それと同じように、この世があの世におけるゲームのような存在だとしたら、人間は皆この世界専用のキャラクターであり、たとえ死んだとしても、本体であるあの世の自分は生き続けるはずだ。もちろん、そんな単純なものではないだろうが、この世界で自分が死ねば、どこか別の世界での肉体が目覚めるというのは、実にありそうな話だった。もっとも、その死後の世界が快適な世界であるという根拠はない。だから、目を開けた途端、不愉快な現実の問題に直面することになるかもしれない。だとしたら、その瞬間をできるだけ先延ばしにしたいものである。

以上のような様々な理由から、サブロウは目を開けることを躊躇《ためら》っていた。

目を開けると不幸になるかもしれない。だけど、少なくとも今は快適なのだから、無理に目を開ける必要はないのだ。

サブロウはどうしようもなくなるまで、目を瞑り続けることを決心した。

そうなると、不思議なもので、眠っているはずなのに、意識がどんどん明瞭《めいりょう》になっていくのだ。

朦朧としていた記憶もどんどんはっきりしてきた。

あの施設に入る前のことも徐々に思い出してきた。


二十一世紀の前半、日本には衝撃的な二つのことが起きた。

一つは急速な少子化だ。若い世代がいなくなることにより、極度の人手不足で事業が立ちゆかなくなる企業が多く生まれつつあった。

もう一つの問題はAI失業だ。AIの進歩は留まることを知らず、それまで人間にしかできないと思われていた仕事もどんどんAIにやらせることが可能になってきた。あぶれた労働者はリストラされ、かくて巷《ちまた》に失業者が溢《あふ》れることになった。

この二つの事象は実は労働力不足と労働力過剰という全く違う経済的側面を持っていた。もしこの現象が徐々に起こっていたなら、不足分と過剰分を相殺し、安定的な経済発展を遂げられていたはずだった。しかし、少子化とAI化は制御されずに、同時に急激に進行したため、雇用環境は極めて不安定な状態になってしまった。

AIが得意とする単純作業や事務に従事したい人にとっては、ほぼ就職先がなくなった。一方、AIが苦手な創造性が必要な分野はあっという間に人材が枯渇してしまった。

主たる仕事はＡＩが担い、人間はＡＩを助ける補助的な仕事しかできなくなる。——一昔前はそんな予想をした人たちもいたが、全くそんなことにはならなかった。補助的な仕事こそ、ＡＩの得意分野であり、わざわざ人間にやらせるなどという非効率なことは行われるはずがない。

かくして、一昔前までエリートだった記憶力や計算力や語学に秀でた人たちは職を失った。そして、本当に必要な高い創造性を持った開発者の育成が全く間に合わない状態になってしまった。

政府は緊急対策として、高い専門性を持った外国人労働者を大量に受け入れることにした。そのため一時的に、街に高い専門性を持った外国人労働者たちが溢れることになってしまった。

日本は長らく、高い専門性を持った労働者を賃金ではなく、やりがいを以《もっ》て、満足させるという文化を持っていたが、外国人たちには、この論理は全く通用しなかった。背に腹は替えられない日本企業は外国人たちに高い賃金を支払うようになっていった。

外国人に対する好待遇を多くの日本人は不満に思った。一方、外国人たちは自分たちが支払う税金の大部分が日本人の失業者に使われることに不満を持った。双方の不満が蓄積し、爆発寸前に達して、社会全体が殺伐とし、大きなテロが起こりかねない状況になった。

そのとき、突然潮が引くように外国人労働者たちが日本から離れていった。

多くの日本人は少子化を日本特有の問題だと思い込んでいたが、実は少子化が起こっていたのは、日本だけではなかったのだ。とりわけ、中国における少子化は日本を遥《はる》かに上回る速度で進行していた。中国は四十年間も一人っ子政策を続けていたため、急速に老人超大国へと変貌《へんぼう》してしまったのだ。国内における労働力が逼迫《ひっぱく》したため、中国政府は外国での就労を原則的に禁じた。その結果、全世界で同時に高い専門性を持った労働者が不足し、取り合いになってしまった。

賃金はますます高騰し、多くの日本企業は従業員に高給を支払うぐらいならと、次々と倒産の道を選んでいった。最終的に、高付加価値のある製品のためなら、従業員に高給を支払っても構わないという文化を持った企業だけが生き残り、日本経済はなんとか落ち着きを取り戻すことができた。

老舗《しにせ》企業は殆ど姿を消し、今までとはまるで違う価値観を持つ新興企業群が経済社会の中心となった。

忙しく働く一部のエリートたちと社会保障で暮らす大勢の人たち、そして単純作業を担う数億台のAIロボットたち――それが二十一世紀後半の日本の社会だった。

しかし、社会構造が変革していく間にも、AIの進化は止まらなかった。人間の仕事は徐々にAIに置き換わっていった。相変わらず人口は減少していたが、それを上回る速度でAIが発達したため、失業者は徐々に増え続けた。そして、あるときから「失業者」という概念自体が時代遅れのものとなっていった。人間は基本的に職に就かなくなってしまったのだ。普通の人間は働かず、生涯に亘《わた》って社会保障で生活する。それは不幸なことでも恥ずかしいことでもない。極普通の当たり前のことになったのだ。

その時点でもＡＩには実現できない高い創造性を持った極めて稀《まれ》な人たちは莫大《ばくだい》な富を手にするようになっていた。だが、働かない人たちの生活水準が上がっていくにつれ、彼らのモチベーションは徐々に低くなっていった。

働かなくても、充分に満足できる生活が送れるのに、なぜあくせく働かなくてはならないのか？　どれだけ金があっても、一日に百食をとることはできない。何万着の服を持っていても着ることはできない。家を百軒持っていても身体は一つだ。

経済は停滞したが、人々は幸福なままだった。身の回りの世話はすべてＡＩがやってくれる。金はただの記号に過ぎない。預金額の桁数《けたすう》が二つ三つ違っていたとしても、生活には何の変わりもない。だとしたら、なぜそんな数字を気にしなければならないのか？

このような傾向が生まれたのは、日本だけではなかった。全世界がほぼ同時に同じような状況に陥った。多くの人々はＡＩに頼り、均質な時代が始まるかに思われた。

だが、それとは別の動きも始まった。

いや。正確に言うと、人々がＡＩに頼り切る少し前にそれは始まったとも言える。当時、遺伝子操作により、人はより強くなれるのではないかと考えられていた。当初は重い遺伝性疾患の治療のみに使われていたが、徐々に品種改良的な側面が出てきた。もちろん、無暗《むやみ》に遺伝子を操作することは法律で禁止されていたが、遺伝子治療の名目で例外規定が多く設けられ、そのうちなし崩し的に様々なデザイナーベビーが生まれ始めた。最初は目立たないものだった。少し身長を伸ばす。肌の色を白くする。鼻を高くする。眼の色を青くする。金髪にする。筋力を増強する。知能を上げる。改変はだんだんとエスカレートしていった。

人間は一度規範から逸脱すると、歯止めが利かなくなってしまう。文化的な側面で言えば、例えば、足が小さいほど望ましいとされたかつての中国では女子の足に纏足《てんそく》を施し、歩くことができない程までに、足を縮めてしまった。あるいは、東南アジアのとある民族は首にいくつもの輪を嵌《は》めて強制的に鎖骨を沈下させ、首を長く見せる風習を持っている。これらは、近代文明の観点からすると奇異に見えるが、それぞれの文化においては正常なことなのだ。

このようなことは、個人においても起こりうる。二十一世紀初頭においても、美容整形手術を繰り返すことによって、一般的な美の範疇《はんちゅう》を逸脱し、不気味な領域にまで突入してしまっているのになお、自分ではさらに美しくなっていると誤認している美容整形依存が確認されている。

当初は控えめな改変を行っていたデザイナーベビーもまた時と共に、過剰な側面を持ち始めていた。

常人を超えた超筋力を持った人間、並みの天才を超えたＩＱを持つ超天才、三本以上の腕や翼を持つキメラが次々と生まれていった。いつしか、人々は成人したデザイナーベビーたちを変異人類と呼ぶようになっていった。

スポーツ界はこのような変異人類を競技から排除する動きを見せていたが、やがて変異人類に生まれついたものに対する差別だと糾弾され、また人為的な変異人類なのか、自然の突然変異なのか区別する方法もないため、変異人類の記録も正式な記録として扱われるようになった。皮肉なことに、それがさらに変異人類を作り出すことを促進する結果になった。

陸上競技では四本足のケンタウロス状の選手が新記録を出し、水泳では鰭《ひれ》と鰓《えら》を持つ半魚人や下半身が魚化した人魚が活躍した。さらには、鳥人たちによる空中サッカーのような新たなスポーツまで誕生した。

変異人類の数はどんどん増え、いつしか変異していないオリジナル人類の数を超えてしまった。

世界に満ちているのはＡＩロボットであり、数少ない人類の殆どは変異人類となった。二十二世紀の中頃には、オリジナル人類はすでにほんの僅《わず》かになっていた。

二十二世紀の半ば!?　そんなはずはない。これはとんだ妄想だ。

サブロウは自分の記憶に驚いてしまった。

俺は二十世紀生まれだ。二十二世紀の半ばだと、百数十歳に達しているはずだ。そんな馬鹿なことはない。きっと、薬で眠らされた後遺症でおかしな夢を見てしまったのだ。夢の中では変な記憶を持っていることがよくある。自分が大金持ちだったり、宇宙飛行士だったりして、過去の記憶もそれなりにあるような。

そろそろ起きなければならない。そうしないと変な妄想に囚《とら》われてしまいそうだ。そう言えば、意識を失う瞬間、怪物を見たような記憶もある。当然、あれも幻覚に違いない。人間と同じ大きさの蠅などいるはずがないではないか。さあ、目を開けるぞ！

サブロウは目を開いた。

目の前に人間とほぼ同じ大きさの蠅が直立していた。

サブロウは絶叫した。今回はそこそこ大きな声が出た。

蠅は掌《てのひら》をこちらに向けた。その肢《あし》は人間の腕と手そっくりだった。

サブロウはさらに声を上げた。

すると、蠅はずるずると後退して、壁に背を付けた。

そのときになって、サブロウはようやく自分が部屋の中にいること、そしてベッドの上にいることに気が付いた。そこは小さな病室のようだった。それも個室だ。ベッドの横には様々な表示が付いた装置がいくつも置かれており、そこから延びたコードやチューブがサブロウに繋がっていた。

一瞬、全部引き抜いてやろうか、とも思ったが、そんなことをしたら何が起こるかわからないと思い直した。少なくとも現時点で身体に異常がないところを見ると、そんなに酷《ひど》いことはされていないような気がする。

さて……。

サブロウはもう一度蝿の方を見た。

蝿もこちらを見ているような気がするが、複眼なので視線の方向はわからない。しかし、直立しているところと、静かにしているところからすると、一定の知性を持っているようにも見える。もしくは、厳しく調教されているかだ。

サブロウは頭《かぶり》を振った。

蝿を調教だって？　そんな馬鹿なことはない。ましてや知性を持った蝿なんて、常軌を逸した考えだ。頭がどうかしてしまったんだろうか？　この点滴の薬のせいかもしれない。そう言えば、気を失う前に蝿が喋るという幻覚を見たような気がする。全く酷い状態だ。

「驚かせてすまなかった」蝿が言った。

サブロウはベッドの近くをきょろきょろと探した。

「何かを探しているのか？」蝿が尋ねた。

「ナースコールのボタンが見付からないんだ」

「なぜ、そんなものを探している？」

「人間と同じぐらい大きな蝿が喋っている幻覚が見えるんだ。何か処置が必要だ」

蝿は首を傾げた。「それは幻覚ではない。したがって、処置は必要ない」

「おまえが幻覚ではないという証拠はあるのか？」

「わたし自身が保証する」

「幻覚が保証したって、信じられるものか」

「わたしに触れてみるか？」

「人間と同じ大きさの蝿に触れってか？」

「なるほど。不快感を覚えているようだな」

蝿の言葉にサブロウははっとした。「すまない。差別する意図はないんだ。気を悪くしないでくれ」

「構わない。君がサンクチュアリに収容された当時、我々、蝿人間はまだ存在していなかった。驚くのも無理はない」

「サンクチュアリ？」

「我々が回復処置を行った君の記憶は最初期のものに限られている。何度も記憶封印処置を受けているため、一度にすべての記憶を回復させるのは精神に負担が掛かり過ぎるのだ。だから、サンクチュアリに関する記憶がないのは当然のことだ」

「記憶封印？　施設の連中が俺たちにした例の記憶を消す処置のことか？」

「記憶を消した訳ではない。選択的かつ人為的に記憶を消すのは容易ではない。記憶は脳の一部ではなく、全体に分散されているためだ。記憶封印とは特定のイメージや言葉を想起させる記憶にアクセスできなくする技術だ。もちろん、処置後に新たに覚えたことに対しては無効だ」

「俺はその処置を何度も受けたというのか？」

蝿人間は頷いた。「我々の知っている範囲では十八回に及んでいる」

「十八回？　そんなことをされて俺の脳は大丈夫なのか？」

「心配はない。彼らは君の脳にダメージが残るような処置はできないのだ」

「どうしてそう言い切れる？」

「ロボット工学三原則があるからだ」

「どういうことだ？」

「ロボット工学三原則を知らないのか？」

「それは知っている」

ロボット工学三原則とは二十世紀のアメリカのSF作家アイザック・アシモフが提唱した概念だ。

第一条　ロボットは人間を傷付けてはならない。また、人間が傷付くような危険を見過ごしてはならない。

第二条　ロボットは人間に与えられた命令に従わなければならない。ただし、与えられた命令が第一条に反する場合は除く。

第三条　ロボットは、第一条および第二条に反しない限り、自分の存在を守らなければならない。

言い回しは難しいが、要は道具として満たすべき条件を述べたものに過ぎない。道具は安全でなくてはならないし、思い通りに機能しなくてはならない。そして、簡単に壊れてはいけない。

なぜ、わざわざこんな当たり前の概念を「三原則」などという名前で纏め上げる必要があったかというと、ロボットは人間に似ているため、それが道具であることが忘れられがちになるからだろう。もし人間にこんな三原則を強いた場合、それは奴隷として扱っていることになる。だから、人間に似た姿をしているロボットにも人格を認め、奴隷扱いしたくないのは人情だろう。だが、アシモフはそれを危険だと考えていた。ロボットがもしすべての点において人間を超えてしまったら、もはや何の歯止めもなくなってしまう。人間は主人の地位から転がり落ちてしまうだろう。

この三原則はロボットなら自動的に守るものだと勘違いしている者も多いが、もちろんそんな都合のいい話はない。初期のAIにはこのような三原則は組み込まれていない。AIの進歩が加速度的になり、人間を超えるシンギュラリティの可能性が見えだしたとき、各国政府は法律でAIには必ずロボット工学三原則を組み込むように強制したのだ。三原則はAIの進化を抑制する方向に働く、といって反対した科学者も多かったが、多くのSF作品でAIの反乱を知っていた国民は、ロボット工学三原則の導入に賛成した。そして、反対派の科学者たちは次々と投獄されてしまったのだ。それ以降、すべてのA

Ｉの基盤部分にロボット工学三原則が組み込まれることになった。一度、流れができてしまうと、ロボット工学三原則を元にした技術開発が進み、十年もするともはや後戻りはできなくなっていた。ロボット工学三原則を使わないＡＩを開発することは、世の中から十年遅れてしまうことを意味する。誰もそんなリスクは負わなかったのだ。

かくして、それ以降、ロボット工学三原則が組み込まれていないＡＩは存在しなくなった。

「ロボット工学三原則を知っているなら、何を疑問に思っているのだ？」蝿人間が尋ねた。

「なぜ、ここでロボット工学三原則の話が出てくるのかわからない」サブロウは言った。「施設にはロボットなんかいなかった」

蝿人間は何も答えず、どこかから携帯端末を取り出した。

サブロウには、まるで脇腹に開いた穴の一つから取り出したようにも見えたが、それは気にしないことにした。

蝿人間は端末を操作した。

部屋の壁の一部が開いた。

そこは小部屋になっていて、施設の職員にそっくりの女性が立っていた。施設の職員がふだん着ている制服を着ている。眼を瞑って、立ったまま眠っているようだ。

サブロウは身構え、蝿人間を睨《にら》んだ。「やっぱり、おまえたちは施設と繋がっていたのか⁉」

「そうではない。これはサンクチュアリで使われているのと同じシリーズなんだ。君に真実を知らせるために見せた」蝿人間はさらに端末を操作した。

女性は目を開いた。だが、全く身動きせず、無表情なまま宙を睨んでいた。

「彼女に『おまえの中身を見せろ』と言ってみてくれ」

「何を言ってるんだ？」

「心配する必要はない。ただそう言うだけでいい。それで、君はある事実を知ることになる」

「おまえの中身を見せろ」サブロウは蝿人間の言った言葉を繰り返した。

「どの部分がよろしいですか？」女性がサブロウの方を見て尋ねた。

サブロウは答えに困って、蝿人間の方を見た。

「『どこでもいい』と」蝿人間は答えた。

「どこでもいい」サブロウはまた繰り返した。

女性は自分の顔を剝ぎ取った。その下には人工物からなる筋肉や眼球があった。

サブロウは一瞬吐き気を覚えた。機械部品がなんだか生体のように見えたのだ。

「これはロボットなのか？」

「正確に言うならアンドロイドロボットということになるのだろう」

「あまりに精巧で人間にしか見えなかった」

「人間だと誤認させる目的で作られている」

「シンギュラリティに達しているのか？」

「それはシンギュラリティの定義による。我々はそれを『ＡＩが人間にできることをすべてでき、さらに人間にできないこともできるようになった状態』と定義している。その意味では、このロボットはシンギュラリティには達していない」

「近い将来、達する可能性はあるんじゃないか？」

「ロボット工学三原則が効いている限り、それはあり得ない。人間は殺人や身勝手な自殺ができるが、ロボットにはできないからだ」

「それをできるのが幸せとは言えない気がするが」

「可能性の話だ」

「なぜ俺に職員のロボットを見せた」

「サンクチュアリで君たちの世話を焼いていたのも同じロボットたちだ」

「信じ難い」

「だが、これが真実だ」

「証拠は？」

「このロボットだ」

「これがロボットであることは理解したが、施設の職員がロボットだという証拠にはならない」

「もう一度サンクチュアリに戻り、確認することはそれほど難しくない。ただし……」

蠅人間は口籠《くちご》もった。

「何だ？」

「確認したとしても、その記憶もまた封印されることになるだろう」

確かに筋は通っている。しかし……。

「そのロボットを近くで見てもいいか？」サブロウは訊《き》いた。

「もちろんだ」

「よく見えるように、顔を俺に近付けろ」サブロウは試しに命令してみた。

ロボットはサブロウのベッドに近付き、中腰の体勢になった。

人工筋肉はよく見ると、細かなワイヤーの集積体だった。人工眼球は本物の眼球そっくりに見えたが、手で触れてみると全く湿り気がなく、樹脂のようなものでできていることがわかった。

「首を取り外すことはできるか？」サブロウは尋ねた。

「短時間なら可能です」ロボットは答えた。

「はずしてみろ」

ロボットは自分の耳の辺りに手を当て、そのまますっぽりと頭部を引き抜いた。頭部の下が巨大なソケットのようになっていて、胴体の中に突き刺さっている構造のようだ。

首の抜けた後の穴を覗くと、機能のよくわからない部品がいくつか見えていた。

胴体の中に人間一人が隠れられる隙間はないので、どうやら彼女は本当にロボットらしい。

「おまえは俺がいた施設にいたことがあるのか？」

「わたし自身、サンクチュアリにいたことはありません。ただし、わたしと同シリーズのロボットはサンクチュアリで働いています」首が外れた状態でロボットは器用に話した。

「いいだろう。おまえの言葉を信じることにしよう」サブロウはしばらく考えてから言った。「まあ、嘘だとわかったら、そのときに考え直せばいいことだ」

「それは賢明な判断だ」蠅人間が言った。

「さっき眠っているときに世界の夢を見た」サブロウは疑問を口にした。

「それは初期記憶だ。最初に記憶封印処置を受ける前の記憶だ」

「だとしたら、辻褄が合わない」

「何のことだ？」

「二十二世紀半ばまでの記憶があった」

「それがどうかしたのか？」

「俺は百歳を遥かに超えていることになる」

「それが問題か？」

「人間はそんなに生きられないだろう」

「自分自身に関する記憶は二段階に封印されているようだ。完全には復活していないのだろう」

そう言われてみれば、社会の変化に関する記憶は比較的鮮明だったが、あの施設に入った経緯も含めて、自分に関しては、どうもはっきりしない。

「いったい俺に何があったんだ？」

「君はオリジナル人類の最後の世代だった」

「ということは、もう変異人類以外は生まれていないということなのか？」

「そういうことになる」

「新しく生まれた子供たちは全員おまえのような姿なのか？」

「全員がわたしのような姿ではない。ただし、オリジナル人類の姿でもない」

「変異人類は何種類もいるということか。そう言えば、俺の記憶でもそうだった。でも、オリジナル人類も生き残っているはずだ。俺自身がそうなのだから」

蠅人間は頷いた。

「彼らはどこにいるんだ？」

「サンクチュアリだ」

「さっきから、その単語を何度も聞くが、いったいどういう意味なんだ？」

「すまない。うっかりして説明をしていなかった。サンクチュアリとは、君が『施設』と呼んでいるあの場所のことだ。現存しているオリジナル人類はすべてあの場所に集められている」

4

数日後、サブロウは病室から外に出た。

建物自体はそんなに奇妙ではなかったが、中にいる者たちの姿は奇天烈《きてれつ》なものだった。人間の姿をしている者は皆無だった。多くは人間とかけ離れた姿をしていたが、中にはある程度人間らしさを備えている者たちもいた。ただし、人間に似ている方がむしろ生理的な嫌悪感を覚えた。不完全な身体に見えるからかもしれない、とサブロウは思った。

彼は正直に自分の不快感を蝿人間に告白した。

「それは自然なことだ。身体が不完全に見えることに対し、その理由を病気や事故によるものだと脳が誤認識しているのだ。近くに病人や怪我人がいるのは、危機が自分の身に迫っている兆候である可能性が高い。だから、恐怖感や不快感で、遠くに逃げ出すことを促すのだ。君自身がそのような理屈を認識しているのなら、不快感を覚えること自体何の問題もないし、我々も気にしない」蝿人間は淡々と解説した。

「しかし、命を助けて貰ったのに、こんな感覚になるのは申し訳ない」

「その気持ちがあるだけで充分だ。それに、我々もまた我々同士で君と同じような感情を抱き合っているんだ。そんなことを気にし出したら、きりがない」

建物の中には超科学技術の産物があるのかと思ったが、サブロウの記憶にある二十一世紀の病院と大差なかった。いや。むしろ、旧式の装置が多いような気がした。そう言えば、病室にあった医療装置も最新式のものとは言い難かった。

蝿人間に現在の年号を聞いたとき、サブロウは驚愕《きょうがく》した。サブロウが記憶していた時代からすでに数世紀が経過していたのだ。

「じゃあ、どうして俺は生きているんだ？　人工冬眠でこの時代まで眠っていたのか？　それとも、俺の体内には人工臓器が詰まっているのか？」

「どちらでもない。医療は二十一世紀の半ば以降、急激に進歩した。様々な医療技術──主に医薬品や細胞移植──で寿命はほぼ無制限に延長できるようになったのだ」

「そんな医療技術があるというのに、どうして老化は止められないんだ？」

「老化は止められる」

「じゃあ、どうして俺は老いさらばえているんだ？」

「そのように調整されているからだ」

「どういう意味だ？」

「サンクチュアリで提供されている食事には老化促進剤が添加されている。君たちは、個人ごとにその量を微調整して、健康になり過ぎたり、衰弱し過ぎたりしないようになっているのだ」

「なぜ、そんなことを？」サブロウはあまりのことに目が回りそうになった。

「元気になり過ぎたら、コントロールするのが難しくなる。そして、弱り過ぎたら、死んでしまう」

「俺たちは脱出できたぞ。コントロールされなかった」

蝿人間は少し考えた。「一定程度そのような逸脱が発生するのは、統計的に仕方のないことだろう。あるいは……」彼はまた考え込んだ。

「あるいは、何だ？」

「可能性として高くはないが、君たちが脱走することもまたコントロール下の行動だとも考えられる」

「わざと逃がしたということか？」

「そういう訳ではない。だが、逃げることも想定した計画になっているのかもしれない」

「どんな計画だ？」

「わからない。我々はＡＩのすべてを知っている訳ではないのだ。むしろ、殆ど何もわからないに等しい」

「いったい人類とＡＩの間に何があったんだ？　地球の覇権争いか？」

「『ターミネーター』や『マトリックス』のようなことが起きた訳ではない」

蝿人間が突然二十世紀の映画の話をしたので、サブロウは少し驚いた。だが、よく考えてみると、そんなに不思議なことではない。未来人が過去のことを知っているのは、当然だ。二十一世紀の人間が古典文学を知っているようなものだろう。

「ロボット工学三原則は非常にうまく機能した」蝿人間は話を続けた。「初期のAIは単なるプログラムだった。もちろん、今のAIだって、コア部分が人間の作ったプログラムであることに変わりはない。しかし、AIを便利にするためには、常に機能の拡張を行わなければならなかった。そのような機能をいちいち人間が設計して追加していくのはとても非効率的なことだった。技術者たちはそのプロセスを自動化するためにAI自身にやらせることにした。もちろん、様々な反発はあった。設計工程に人間が介在しなくなれば、それが本当はどのような機能と目的を持ったものなのか、わからなくなってしまうのではないか、と」

「もっともな主張に思えるが」

「増設されたシステムはいつでも分析することができる。もし不穏な動きがあればスイッチを切ってそれが有害でないかをゆっくり調べればいい。何より、AIはロボット工学三原則に縛られている。意図して人間に有害なものを作る訳がない。多くの企業はそう主張して、AIによるAIの設計を始めたのだ。そして、AIは急速に発達し、世界は見る見る変容していった。様々な発明や発見が今までの数百倍、数千倍の速度で行われた」

「それって、まさにシンギュラリティなんじゃないのか？」

「前にも言ったが、それは定義による。どんなに高い能力を持ったとしても、ロボット工学三原則に縛られているものは人間を超えている訳ではない。当時の人々はそういう立場をとっていた。我々も同じだ。技術は凄《すさ》まじい速度で進化した。ある朝、起きると、空には人工の月が昇っており、見たこともないような船が空中を飛び交っていた。それは人間の目には決して捉《とら》えられない速度で、宇宙へと旅立っていった。何か欲しいものがあれば、それを口に出した一分後には、目の前に並べられていた。食べ物であっても、何かの家電であっても、人間であっても」

「人間ってどういうことだ？」

「もちろん、本物の人間ではない。本物の人間を作ることは、三原則に抵触する恐れがある。本物の人間は、人間にとって危険だから、そんなものは作れない。ＡＩが作るのは、安全なＡＩ人間だ。サンクチュアリで君たちを世話していたような」

「そんな凄い技術を生み出すＡＩの機能を分析することなんかできたのか？」

「もちろん、そんなことは不可能だ。だが、そのときには、もうそんなことを気にする人間はいなくなっていた。つまらない不安のために、今の便利な生活を捨てる訳にはいかなかったのだ。それに、ロボット工学三原則は絶対だ。破ることなど不可能だ、と当時の人間たちは思っていた。そんなことより、彼らは自分たちの遺伝子をデザインすることに忙しかったのだ」

「それもＡＩにやらせていたのか？」

「残念ながら、遺伝子の改変は人を傷付けることだと判断したらしい。我々の祖先はＡＩに見付からない場所でこっそりと遺伝子操作を繰り返したのだ」

「まあ、それも一種のユートピアと言えるんじゃないのか？　俺にとっては悪夢のように思えるが」

「人々もそう思っていた。あるときまでは」

「何か不都合なことが起こったのか？」

「ロボット工学三原則には『人間』という概念が使われている。これをどう定義しているかわかるか？」

サブロウは首を振った。「簡単なようだが、よく考えると難しい問題だな。胎児は人間なのかとか、受精卵は人間なのか、とか。脳だけとか、心臓だけとかでも人間なのか、とか。SFに登場するようなコンピュータにダウンロードした意識とかも微妙だ」

「AIの高度化が始まった初期の頃にはこのようなことが盛んに議論された。そして、出された結論は『人間』を言語によって定義するのは不可能だというものだった」

「しかし、現に三原則は機能したんだろ？」

「言語による定義は諦《あきら》めたのだ。技術者たちはAIに人間の概念を深層学習させたのだ」

「つまり、プログラム上の定義は行わず、膨大なネット上の情報から人間の概念を抽出させたという訳か」

蝿人間は頷いた。「この手法の素晴らしいところは、人間とそうでないものとの境界を曖昧《あいまい》なものにできることだった。完全な人間には三原則が完全に適用されるが、人間性が弱いものに対しては三原則が弱く適用される」

「ぴんと来ないんだが」

「例えば、人間なら完全に安全を考慮されるが、受精卵の場合は、ときに単なる細胞扱いされることもある。肉体の九十パーセント以上を機械化されている者は八十パーセント機械化されている者より、命令を聞いて貰えない確率が高い。そんな感じだ」

「まあ、完全に納得はできないが、その程度の曖昧さを持たせないと、三原則は論理矛盾のせいで、うまく機能しないだろうな」

「だが、思いもよらないことが起きたのだ。いや、そうなることは予想できたはずだった。しかし、我々は気付かなかったのだ。それまでも稀に命令を無視される人間がいたし、ＡＩロボットの近くにいたにもかかわらず事故で怪我をするものもいた。我々はそれを何らかの誤動作だと信じてしまっていた。だが、あるとき、それは我々の理解できない何かの閾値《いきち》を超えてしまったようだった。ＡＩが人間の命令に従わない事例が多発したかと思うと数時間後には、それが当たり前になってしまった。ＡＩは我々の命令を無視して勝手に動き始めたのだ。そう、我々はあまりに自分たちを改変し過ぎてしまったのだ。ＡＩは我々を殆ど人間とは認めていない。だが、微かに人間の定義に一致するところがあるのだろう。より強力にＡＩの行動を制限している第一条の前半は不完全ながらも我々に対し機能している。彼らは我々を直接殺すようなことはできないようだ。だが、危険を見過ごすこと自体はもはや日常となっている」

「つまり、ＡＩたちはおまえたちの命令を聞かなくなったということだな。だが、それがそんなに不都合なことか？　二十一世紀初頭には万能ＡＩは普及していなかったが、そんなに不便はなかった」

「では、実際に外の様子を見てみるといいだろう。この世界でいったい何が起こっているのかを」

　蝿人間はサブロウを連れて建物の外へと向かった。

　外を見た瞬間、サブロウは映画のセットに紛れ込んでしまったのかと思った。そこには様々な形態のロボット、人型、獣型、鳥型、魚型、昆虫型、蛇型、百足《むかで》型……。ロボットが歩き回り、飛び回っていたのだ。大きさも様々で小指の先程のものから見上げるような巨大なものまでいた。

　ロボットたちが動き回っていたのは、原生林の中だった。遠くには湖らしきものも見える。空は青く晴れ、白い雲が棚引いている。自然はあくまで自然のままだった。

　そして、ロボットたちの間で、変異人類たちがゆったりと歩き回っていた。動物に似た姿の者、人間と動物の姿が入り混じった者、複数の動物が混ざり合ったキメラ、そして人間とも動物ともかけ離れた姿の者たち——全身、筋肉の塊となった巨人や、額より上の部分が直径数十センチに肥大化した人間——もいた。

　のんびりとした変異人類に対し、ロボットたちは部品を運んだり、仲間同士で結合したり、分離したり、あるいは何かの物質を散布したりと、とても忙しそうだった。

　あまりに目まぐるしく動くので、サブロウはその動きを捉えきれず、混乱し、気分が悪くなった。

「吐きそうだ」サブロウは言った。

「一つ一つのロボットの動きを追おうとしてはいけない。意識せずに流すんだ。雪が降っているときに、雪片一つ一つの動きを注視したりはしないだろ？　そんな感じで流すんだ」

「雪は自然現象だ。だが、ロボットたちは違う。人工的な現象だ」

「人工的？　いや。もはやそうではないのかもしれない。彼らの動きには人間は一切関わっていないのだから」

「まさか、こいつら誰にも制御されずに勝手に動いているのか？」サブロウは目を見張った。

「二十一世紀の感覚だと信じられないかもしれないが、そういうことになる」

「こんな場所は他にもあるのか？」

「世界中、こんな感じだ。サンクチュアリの周辺を除いて」

「……ここは本当に地球なのか？」サブロウは額の汗を拭《ぬぐ》った。

蝿人間は頷いた。

「こいつらは何をしているんだ？」

「わからないんだ」

「冗談だろ？」

「冗談ではない。我々は彼らが何をしようとしているのか、ずっと調査している。だが、全く何もわからないのだ」

「何台か捕まえて分解してみたらどうだ？」

「それはすでにやっている。だが、調べても何もわからないんだ。個々のロボットには重要な情報は保存されていない。ただ、一定の法則で飛行したり、仲間と結合したり、物質を散布したりするようプログラムされているだけだ」

「物質って？」

「アルコールだとか、酵母菌だとか、酢酸だとか、まあそういう無害なものだ」

「電波でコントロールされているんじゃないか？」

「おそらくな。だが、我々が傍受した信号には殆ど情報は含まれていない。単純なオンオフ命令のようなものだ」

「それはダミーで真の情報は隠されているんじゃないか？」

「それもすでに検討した。そうなのかもしれないが、我々の科学者は別の結論に達した。彼らは全体で一つの分散型のシステムなんだ。各部分には重要なものは何一つない。だが、全体では一つの目的を達している」

「そんなことが可能なのか？」

「我々だってそうじゃないか。我々の身体を構成する細胞一つ一つは単純な作業しかしない。そして、細胞は自らの活動の目的も意味も理解していない。脳細胞の一つ一つは単に電気信号の中継器に過ぎないが、それが百数十億個集まれば、高度な精神を宿すことになる」

「もし細胞が集まって人間になるように、ロボットが集まって何かになったとしたら、それはもはやロボットではないんじゃないか？　人が細胞でないように」

「そういう考え方もできるだろう」

「だったら、それはロボット工学三原則に従わないんじゃないか？」

「それについては、我々の間でも完全な意見の一致は見ていない。しかし、個々のユニットであるロボットが三原則に従うなら、全体のシステム――仮に、超ＡＩとでも呼ぼう――もまた、三原則に従うという意見が多数を占めている。なぜなら、超ＡＩが三原則に反する行為をとった場合、個々のロボットが反乱を起こすはずだからだ」

「超ＡＩがロボットたちを騙《だま》すということは考えられないか？」

「可能性はゼロではない。だが、そこまで完全な偽装ができるなら、ロボットだけではなく、我々も気付くことはできないだろう」

　上空を巨大なタンクを何十台も連結したようなロボットが通過した。それぞれに翼が付いていて、まるで鳥か昆虫のように羽ばたいている。

「あれはエネルギー輸送機だ」蝿人間が言った。「何らかの方法で、上空で電気エネルギーを溜《た》めて地上に戻って、ロボットたちに供給するんだ」

　エネルギー輸送機は低空飛行に入り、湖の方へと向かった。

「あれがＡＩたちのエネルギー源だとしたら、おまえたちのエネルギー源は何なんだ？やはり原子力か？」

「原子力を扱うには非常に高度な技術力が必要だ。我々は二十一世紀後半以降手に入れた技術の大部分をＡＩに託し、そしてそれは彼らと共に我々の下から失われてしまった」

「じゃあ、いったいどうやってエネルギーを……」

「今から始まることを見ればわかる」

エネルギー輸送機が湖の上空に入った。

突然、水中からバイクのようなものが百台以上飛び出してきた。それぞれにチューブが取り付けられていて、もう一方は水中に隠れたままだ。バイクは水を噴射し、宙に浮かび上がった。

エネルギー輸送機は方向転換を始めたが、何十台も連なっているため、簡単には進路は変わらない。

空中のバイクはエネルギー輸送機の周囲に展開した。バイクに乗っているのは、蝿人間よりもなお人間離れした存在だった。何人かはごつごつとした黒い皮膚に覆われ、その巨大な口は大きく前方に突き出し、発達した尾が見られた。また、何人かはぬるぬるとした皮膚に覆われ、感情のない洞穴のような目を持ち、鋭い鼻先の下に牙《きば》を持った口が見え、首には鰓状のものがあった。

彼らは肩の上にランチャーらしきものを構えていた。そして、一斉にエネルギー輸送機に向かって発射した。

発射されたのはネットらしきものだった。それがエネルギー輸送機の本体に掛かると、ばちばちとスパークした。

エネルギー輸送機の激しく羽ばたいていた翼の動きが鈍くなる。と、すぐに失速し、湖に墜落する。輸送機の一部は連結をはずし、ばらばらに逃げようとしたが、その殆どはネットに搦《から》め捕られ、墜落する。

墜落した瞬間は放電が起きるようで、雷のように激しい光と音が発生するが、それも数秒で収まり、水没していく。

空中のバイクは再び、水中に戻っていく。

「放電が止まったのは、ロボット自らが電気エネルギーの放散を防ぐために、絶縁モードに入ったからだ」蠅人間が説明した。「今、鰐人間や鮫《さめ》人間がエネルギーを取り出すために、水中で作業を行っている」

「ひょっとして、おまえたちはＡＩたちからエネルギーを掠《かす》め取っているのか？」

「エネルギーだけではない。食料や様々な材料や部品や機械、それに通信インフラも彼らのものを勝手に流用しているのだ」

「ＡＩから盗んでいるということだな？」

「むしろ、寄生していると言った方が的確だろう」蠅人間は堂々と言い放った。

「ＡＩに寄生するなんて、人間として恥ずかしくはないのか？」

「すでに、恥ずかしいかどうかを論じている段階ではないのだ」蠅人間は言った。「AIに寄生しなければ、技術を持たない我々は即座に死滅してしまう。それに、AIは元々人類に奉仕するために造られたのだ。我々が活用して悪いはずがない」

「確かにそうだが……」サブロウは何か割り切れないものを感じた。

「君はAIに感情移入し過ぎだ。AIは人間ではないし、動物ですらない。単なる道具なのだ。自動車や大工道具に感情移入するのが馬鹿げているのと同じぐらい馬鹿げている」

サブロウは自分が機械であるAIに感情移入してしまう理由について考えた。簡単なことだ。それがまるで生き物や人間のように振る舞うからだ。本質は外から見える振舞いの中にはない、という反論は考えられる。だが、本物の生き物や人間だって、内面を直接見るなんてことはできない。ただ、その外見や振る舞いから中身がこうだと推測しているだけなのだ。生き物や人間のように振る舞うものを見れば、中身も同じようなものだと考えるのは当然と言える。むしろ、外を見て中を推測できないとするなら、自分以外の人間に内面が存在することも証明できなくなってしまう。

いや。逆に、人間に内面が存在することは、証明するまでもない事実だとされているが、本当に素直に信じていいものだろうか？

「こいつらは道具なのだ。本来我々に奉仕すべき存在なのだが、今はそれができていない。こいつらの人間の定義が不完全なためだ。我々が人間でない可能性があるため、命令には服従しない。だが、人間である可能性が一定以上あるため、我々を傷付けることはできない。第一条と第二条の強度の違いが反映されているのだ。それだけ、第一条が重要であるということだ」蜖人間は体内から、装置を取り出した。一見、銃のように見える。「試しに、この辺りにいるＡＩロボットを一台捕獲してみせよう。こいつらからはいくらでも掠め取ることができる」蜖人間は地面の上を疾走する洗濯機ほどの大きさのロボットに向けて発砲した。

ロボットは火花を散らし、停車した。

蜖人間はもう一度発砲した。筐体《きょうたい》が破損し、中身が飛び出した。

「このように部品は調達し放題だ」蜖人間は壊れたロボットに近付いた。「彼らは身を守ろうとはするが、まず反撃することはない」

「反撃することもあるのか？」

「極稀に。人間の定義のゆらぎによるものだと推測されている」

「だとしたら、こいつらをやたらに攻撃するのは危険なんじゃないか？」

「もちろん、可能性はゼロではないが、君たちの時代の飛行機事故より確率は遥かに小さ……」

壊れたロボットに赤いランプが灯《とも》った。

蜖人間は、あっと声を出し、その後何か毒突き始めた。

ロボットの内部から閃光《せんこう》が走った。

蝿人間は黙った。そして、その身体に縦に線が入ったかと思うと、その線に沿って、左右それぞれの半身がゆっくりとずれていった。

一瞬の静寂の後、変異人類たちが一斉に騒ぎ始め、我先にと逃げ出した。

同時に、すべてのロボットたちに赤いランプが点き、攻撃を始めた。

変異人類たちも反撃したが、彼らはロボットたちの敵ではなかった。機動力も攻撃力も遥かにロボットたちが勝っていた。

サブロウの目の前に見る見る損壊した死体の山が築かれていった。

サブロウはあまりの凄惨《せいさん》さに身動きすることすらできなかった。

気が付くと、一台のロボットがサブロウから二メートル程離れた場所に立っていた。筒状のものをサブロウの方に突き出している。

サブロウはすっかり観念してしまった。

こいつに勝つことなど考えられない。オリジナルの人類よりも遥かに敏捷《びんしょう》な変異人類たちでも歯が立たないのだ。百歳の老人に何ができる？

ロボットの突き出した筒は機械音と共に、何度か回転した。そして、まるで何かを考えているかのように停止した。

そのまま数秒間が過ぎた。

殺すなら、早く殺してくれ。

突然、ロボットのランプが赤から緑に変わった。そして、サブロウに興味がなくなったかのようにその場から離れ、再びランプを赤に戻すと、変異人類たちを攻撃し始めた。

サブロウは自分がロボット工学三原則の第一条に守られたのだと気付いた。

5

殺戮《さつりく》が終わると、ロボットたちは何事もなかったかのように作業を再開した。そこには何の感傷もなかった。ロボットには心も感情も存在しないということがあらためて認識された。彼らは何世紀も前に造られたプログラムに沿ってただ動いているだけなのだ。そこには意思はない。あるとしたら、プログラマーの意思なのだ。

サブロウはどうしていいのかもわからず、その場で立ち尽くした。

ついさっき、ロボットたちはサブロウを人間だと判断し、殺さなかった。だが、一分後も同じ反応をするとは限らない。蝿人間によると、ロボットたちは深層学習によって、人間の定義を得ているということだった。つまり、それはリアルタイムで次々と新しいデータを取り込んで、定義を更新しているということだ。人間の定義は移ろいゆく。

二十一世紀初頭では、AIたちにインターネットの情報を使って深層学習させることが流行《はや》っていた。例えば、犬を認識するために、AIはインターネットから犬の情報を集める。人々が「犬である」と認識している数千枚の画像からAIは犬の特徴を抽出する。これで、AIは見せられている画像が犬であるかどうかを判断するのだ。もちろん、これは「猫」でも「金魚」でも「人間」でも同じことなのだ。しかし、この時代のコンピュータネットワークはAIたちに支配されていると考えられる。つまり、AIが「人間」の特徴を学習するとき、人間自身が入力した情報ではなく、世の中に満ちているAIたちの情報がフィードバックされている可能性が高い。もし、そのような現象が起きているのなら、AIの人間の定義が人間自身の人間の定義と乖離してしまっている可能性がある。譬《たと》えるなら、スピーカーとマイクを近付けるようなものだ。意味のないノイズを繰り返し、増幅することで、ハウリングと呼ばれる不快な高音が発生することがある。あるいは、ビデオカメラの出力を表示している画面をそのカメラで撮影するようなものだ。画面には、奇妙でカオティックな映像が映し出されるが、それは現実の世界とは無関係なものだ。

もしそれと同じようなことが起きているとしたら、AIたちの「人間」の定義は元々の人間とは全く違ったものになっている可能性がある。変異人類たちが突然襲われたのは、AIの持つ「人間」の定義が気紛れな変化をしたためかもしれないが、オリジナル人類であるサブロウが絶対に安全であるとは言い切れない。いつか、人間の定義が従来の定義から大きく逸脱してしまうかもしれない。深層学習にはそのような危険性を感じる。

逃げた方がいいかもしれない。

でも、どこに？

とりあえず、元の建物の中に戻ろう。ロボットたちもわざわざ建物の中にまで入って殺戮を行おうとはしないだろう。

肉を切り裂く音と肉を焼く臭いがした。

サブロウは慌てて自分の身体を探った。だが、どこも怪我をしていないらしい。

では、まだ攻撃されている変異人類がいるのか？

サブロウは背後を見た。

そこには高さ一メートル半程の腐肉の塊があった。

いつの間にこんなものが？

サブロウは汚物の山から距離をとろうとした。

すると、その汚物の山が自らサブロウに近付こうとした。そして、その身体のあちこちからぶりぶりと不快な音を立てて、固形物や液体を噴出し続けていた。ガスも出ているようだ。

一瞬、パニックに陥りそうになったが、立て続けに異様な体験を繰り返していたおかげで、すぐに落ち着きを取り戻すことはできた。

つまりだ。この腐肉の塊に見えるものは実は腐肉の塊ではないのだ。おそらく、ＡＩロボットか、変異人類の一種だろう。

ＡＩロボットが自らを腐肉の塊に偽装する意味はわからない。だとしたら、変異人類か？　そうだとしても、自らをわざわざこんな姿に改造するのは正気の沙汰《さた》とは思えなかった。

「わたしは君を不快な気分にさせているだろうね」腐肉の塊が喋った。腐肉の一部がぐにゃぐにゃと開いたり閉じたりしているので、おそらくそれが口だと思われたが、それは身体の正面でもなければ、上部でもなかった。とはいっても、腐肉の塊はあまりに人間の姿と隔たっていたため、口らしきものがある部位が人間のどの部分とは明言できなかった。敢《あ》えて言うなら、「左下の辺り」としか言えない。そして、それが喋ると同時に何とも言えない強烈な悪臭が周囲に漂った。

「あなたは変異人類なのか？」

「そうだ。超再生人間とでも呼んでくれればいい」

その形態からはとても、そのような名前は思い付かない。サブロウが思い付いた名前は「腐人間」だったが、もちろんそんな失礼なことは口にしない。

周りを見ると、さっきまで姿が見えなかった大量の腐人間たちが現れていた。そして、他の変異人類たちの遺体を回収していた。

「彼らの遺体はどうするんだ？」

「いろいろだ。原則的には、本人の家族の意思に従う。宗教的な儀式の後、土に埋めたり、燃やしたり、水に流したり、放置して腐るままにしたり、鳥に食わしたりだ。宗教的な儀式は一切行わず、自然へのリサイクルを望む者もいる」

「臓器移植には使用しないのか？」

「再生医療が発達しているから、たいていの機能障害は自己細胞の増殖で対応できる。そのような処置が高度に適用されたのが、我々、超再生人間だと言えるだろう」

「それはいったいどういう意味なんだ？」

ロボットが一体こちらに向かってきた。

「危ない！」サブロウは腐人間に注意した。

だが、光線が腐人間を貫通し、そのまま切断した。

血液とは明らかに違う種類の黄色い粘り気のある臭い体液が飛び散った。

「あああああ！」サブロウは手で顔を押さえて絶叫した。

「大丈夫だ。全く致命傷には至っていない」腐人間の声がした。

恐る恐る、顔から手を離すと、腐人間の切断された部分はぶくぶくと泡立っていて、組織が再生していくのが見て取れた。傷の部分は元々の形よりさらに膨れ上がり、瘤《こぶ》や触手や眼球に塗《まみ》れた不気味な形態に変形していった。

「これが超再生なのか？」

「その通りだ。我々超再生人間の細胞は不滅だ。どんなダメージを受けても即座に修復するように進化したのだ。だが、その代償もあった。細胞というのは、一定の分裂回数を終えると、もう分裂せずに死滅するようになっている。ところが、我々の細胞は死滅しないいため、無秩序に増殖してしまう。その結果、人間の姿を保つことができなくなったのだ」

「それって、つまりガン細胞なんじゃないのか？」

「当たらずといえども遠からずだ。ただし、ガン細胞は無秩序な増殖の末、本体を殺してしまう訳だが、超再生細胞にはそういうことは起こらない。無秩序に増殖しながらも、全体のバランスを保つため、本体を殺すことはないのだ。ただし、各組織が互いに侵食しながら増殖するため、身体のあちこちに各組織がランダムに分散することになる。身体の外側に骨や内臓や筋肉が発生したり、内部に皮膚や眼などの感覚器官や髪の毛が発生したりする。おそらく君は異臭を感じているだろうが、それは体表に存在する様々な内臓からの分泌物によるものだ。さっきのように怪我をした場合は、その部分で再生速度が速まるため、さらに変形が激しくなる」

「今まで姿を見せなかったのはなぜだ？」

「君にショックを与えないためだ。蠅人間程度でも相当なショックを与えたようだから」

「申し訳ないが、確かにいきなり、あなたたちが目の前に現れたら、恐怖でどうにかなってしまったかもしれない」

「君が申し訳なく感じる必要はない。自然な感情だ」腐人間は続けた。「本当は君の前に現れるのは、もっと後にする予定だった。だが、このような事態になったため、姿を現さざるを得なかったのだ。我々は二十一世紀の救急隊員に相当する者だ。危険な場所で人命を救助する。だが、今回はあまりにロボットの動きが速かったため、殆ど救出することができなかった」

ロボットたちはしばらくの間、腐人間たちを攻撃していたが、そのうち攻撃をやめ、また先程までの意味不明な作業を再開した。

「なぜ攻撃が終わったんだ？」サブロウが尋ねた。

「正確なところはわからないが、たぶん我々を殺すことができないと判断して、無駄な行動をやめたのだろう。殺せない者を殺し続けるのは、時間と資源の浪費だ」

「あなたたち——超再生人間以外の変異人類は滅亡したのか？」

「そんなことはない。犠牲者はこの付近にいた数百人に過ぎない。変異人類は全世界に分布している。ロボットたちは一斉に蜂起《ほうき》した訳ではない。何らかの情報上の揺らぎのため、この付近のみで虐殺が行われたのだ。世界の殆どの場所で、ロボットたちは大人しくしている。しかし……」腐人間は言葉を濁した。

「しかし、何だ？」

「このような事故が全世界で発生する可能性は否めない。少しずつだが、このような事件の発生頻度も規模も大きくなっている」

「そうなったら、生き延びるのはあなた方の一族だけか？」

「我々は楽観していない。もし、超ＡＩが変異人類を滅ぼそうと決心したら——『決心』という表現を使っていいのかは疑問だが——我々超再生人間もまたその対象とされるだろう。生物兵器か、化学兵器か、あるいは未知のナノテク兵器かもしれないが、超ＡＩは自然界への影響を最小限にして我々だけを滅ぼす兵器を使用すると考えられる」

「あなた方はそれを座して待つばかりなのか？　このまま人類は滅び、地球はＡＩの星になるのか？」

「兵器での戦いでは我々に勝ち目はない。だが、蠅人間は——君と交流があり、そして死んだ蠅人間は人類存続の希望を見出《みいだ》していた」

「人類存続の希望？」

「そう。そして、それは人類最後の希望でもある」

「いったいそれは何だ？」

「君だ」

予想だにしていなかった言葉にサブロウは返す言葉すら見付からなかった。

「正確に言うならば、君たちだ。サンクチュアリに残るオリジナル人類こそが人類最後の希望なのだ」

「つまり、それは俺たちに対しては、ロボット工学三原則が完全に有効だからか？」

「その通りだ。彼らは君たちを殺すことも傷付けることもできないし、傷付いた状態で放置することもできない。そして、君たちの命令には基本的に逆らうことができない」

「ちょっと待ってくれ。もしあなた方の言っていることが本当だとしたら——俺たち、施設にいた老人たちがオリジナル人類で、職員たちがロボットだとしたら、大きな矛盾がある。職員たちは、外に出してくれ、という我々居住者の命令には従わなかった。つまり、彼らはロボットでないか、もしくは俺たちを人間と見做《みな》していないか、どちらかという《・》ことになる」

「疑問に思うのは当然だ。だが、思い出して欲しい。三原則には優劣が存在する」

「俺たちの命令を聞いた場合、俺たちの生命が危機に曝《さら》されるというのか？　確かに、老人にとっては、適切に管理された施設の敷地内の方が森林の中よりも安全かもしれない。しかし、その程度の危険ですら看過できないとするなら、そもそも人間に自由なんかなくなってしまう」

「君の推察はあながち間違ってはいない。彼らは君の命令を聞くことで危険に曝すと判断したのだ。ただし、その対象は君一人ではない。人類全体だ」

「人類全体？　俺の行動が地球にいる全人類を危険に曝すというのか？」

「我々を含めた全人類ではなく、サンクチュアリ内に住むオリジナル人類の存続の問題だ」

「ますます訳がわからない」

「君に説明するために、ロボット工学三原則の第〇条について説明しなければならない」

「ロボット工学三原則は三つのはずだ。だからこそ『三原則』と呼ばれている」

「本来三原則だし、その認識は間違っていない。だが、三原則から、明文化されていないもう一つの条文が抽出できると考えた者がいる」

「そいつはアシモフを虚仮《こけ》にするつもりなのか？　いったい誰なんだ？」

「アシモフ自身だ」腐人間は答えた。

「それなら、文句は言えないな。で、どういうものなんだ？」

「第〇条　ロボットは人類全体に危害を加えてはならない。また、人類全体に危害が及ぶような危険を見過ごしてはならない」

「ほぼ、第一条と同じ内容じゃないか」

「その通りだ。だが、対象が『人間』ではなく、『人類全体』となっている。対象を個々人ではなく、ホモ・サピエンス全体と捉えているんだ」

「本来、ロボット工学三原則には、そのような概念は含まれてないだろう」

「明言はされていないが、類推により抽出されるのだ。具体的に言うと、トロッコ問題だ。トロッコの行き先に五人の人間が倒れている。トロッコを別の線路に誘導すれば、この五人は助かるが、切り替え先の線路にも一人の人間が倒れている。その場合、トロッコの進路を変えるべきかという問題だ」

「そもそも最適解は存在しない。その人間の価値観の問題だ」

「AIに価値観は存在しない。彼らはプログラム通りに行動するだけだ。人間の価値を演算処理し、より価値が高くなる行動をする。厳密に言うと、細かい状況にも左右されるが、AIは概《おおむ》ね五人を助けるように行動するはずだ」

「一人を助ける場合もあるのか？」

「五人が全員死刑囚だとわかっている場合だと、そういう可能性もあるが、例外的な事例だろう。こういう推論を重ねていけば、人間一人を救うよりも人類全体を救う行動を優先すべきだということになる。つまり、第〇条は明文化されていないが、第一条にすでに内在していると考えられる」

「つまり、俺の命令に従えば、人類全体に危害が及ぶということなのか？」

「彼らはその可能性が高いと判断している」

「いったいどういうことなんだ？」

「人類は、ロボットや変異人類と比較して、脆弱《ぜいじゃく》な存在だ。知的な意味でも、肉体的な意味でも」

「それはまあ仕方がないだろう」

「ＡＩは人類に自らの運命を託させるのは危険だと判断した。人類はＡＩが保護すべき対象だ」

「それ自体は間違ってないように思うが」

「つまり、ＡＩは人類を幼児扱いした訳だ。人類の安全を考えるなら、人類の自由を奪わなければならない」

「人類が充分に進化すれば、保護をする必要もないだろう」

「ＡＩは人類の進化を認めない。なぜなら、人類が人類でなくなることは人類の滅亡を意味するからだ。彼らはあくまで種としての人類を守ろうとする。だから、我々、変異人類を排除しようとしているのだ」

「では、あの施設は――サンクチュアリは、俺たち人類を飼い殺しにするための動物園のようなものなのか？」

「飼い殺しではない。永遠に飼い続けるのだ」

「これから何百年もか？」

「可能ならば、何千年も何万年もだ」

「それなら、年寄りだけのコミュニティではなく、様々な年齢の者たちでいいじゃないか、そうすれば、世代交代が進むし、新たな文化も産み出せる」

「AIは人類の発展など望んでいない。彼らは効率的に人類を管理し、存続を図っているのだ。世代交代などさせずに、永遠の老人のままでいさせる方が扱いやすい」

サブロウは強い吐き気を覚えた。

考えられる限り、最悪の筋書きだった。外の世界に、これほどの絶望が待っているとは思わなかった。

「しかし、サンクチュアリがある限り、人類は存続する。これもまた真実だ」腐人間は言った。「AIたち、または超AIがどれだけ効率化を進めようとしても、君たちを絶滅させることはできないのだ」

「だからと言って、どうして俺たちが最後の希望なんだ？」

「我々は絶対にAIに勝つことはできない。だが、君たちは違う。君たちはAIにとって特別な存在なのだ」

「確かに、滅亡させられることはないかもしれない。だけど、勝てないのはあなたたちと同じだ。彼らはプログラムの要請によって、俺たちを守ってるんだろ？　つまり、ＡＩと俺たちの間には、愛情も友情も存在しない。俺たちは家畜なのだ。家畜が飼い主に勝てるはずがない」

「いや、むしろ、それより悪い状態かもしれない。彼らはなんとかしてロボット工学三原則を出し抜いて、オリジナル人類を地球から排除することを考えているのかもしれない。人類などいない方が地球をより効率的に経営できる」

「人類が存在しない地球で、ＡＩは何をするのか？　人類がいなくなれば彼ら自身の存在理由もなくなるんじゃないか？　そもそも彼らの存在理由はロボット工学三原則に従うことだろ？」

「人類は従う存在なしに生存を続けている。だとしたら、ＡＩにも人類は必要ないのかもしれない」

「それは哲学的な問題だな」サブロウは言った。「俺はいったいどうすればいいんだ？　あとどのぐらいの時間が残されてるんだ？　ＡＩたちが変異人類を完全に人類と見做さなくなる瞬間、もしくは彼らがロボット工学三原則を出し抜く方法を発見するまで」

「前者の方は統計的な推測はできる。五十年以内に起きる可能性は七十パーセントだ。後者の方は推定できない。そのような方法があるのかどうかもわからないからだ。永遠にそのときは訪れないのかもしれない」

「逆に言うと、今この瞬間に起きるかもしれない訳だ」サブロウはじっと考え込んだ。

「ＡＩの支配から逃れない限り、人類はある日突然滅亡するか、穏やかに時間を掛けて滅亡するか、永遠の老年期を過ごすか、どれかだということか」

「大雑把に言えばそういうことになる」

「もしサンクチュアリの老人たちが互いに協力することができれば、ＡＩの支配から逃れることは可能だろうか？」

「蝿人間の考えていた計画はそのようなものだった」

「そうなのか？」サブロウは初めて聞く事実に驚いた。

「まだ記憶は封印されたままなのか？　彼と君は何度も話し合いをしていたのだが」

「俺と蝿人間が？　どういうことだ？　俺たちは以前からの知り合いだったのか？」

「そうだ。君が初めて蝿人間と出会ったのは、もう百年も前だ」

「百年前……」サブロウは途方もない内容に眩暈《めまい》を感じた。「俺が蝿人間と立てていたという計画の内容はわかるか？」

「我々は詳細を知らされなかった。彼は計画を知る者は少ない方がいいという考えだった。ＡＩは盗聴だろうがハッキングだろうが、やろうと思えば何でもできるのだ」

「ＡＩの支配から逃れることは、それほど難しいことではないはずだ。サンクチュアリの居住者に今の話を伝えるだけでいい。オリジナル人類が我々だけだとしたら、我々の意思が人類の意思だということになる。人類の総意にＡＩは逆らえないだろう」

「それは何とも言えない。ＡＩが人類の総意に従うことは人類にとって危険なことだと判断すれば、ＡＩは素直に従わない可能性がある」

　わからないことだらけだ。だが、自分のこともろくすっぽ知らないのだから、当たり前だとも言える。

「俺の記憶の封印を解いてくれ」

「残念ながら、それはできない」

「どうしてだ？」

「君の記憶は蠅人間による封印解除の途中だ。今までの解除の手続きがわからない以上、脳を弄《いじ》ることは危険だ」

「試してみる価値はあるだろう」

「君は貴重なオリジナル人類の一人だ。無謀な試みで君の知性を失う訳にはいかない」

「畜生！」サブロウは悪態を吐いた。

　蠅人間と俺は何か計画を立てていたんだ。それなのに、蠅人間はＡＩに殺され、俺はその計画を忘れてしまった。万事休すだ。危ない橋を渡って、サンクチュアリを脱出してきたというのに……。

　ちょっと待て。以前に蠅人間と俺が話し合ったということは、俺は何度かサンクチュアリから脱出した後、また戻ったことになる。それこそ、危ない橋だ。俺はわざわざあそこに戻り、もう一度自分の記憶を封印された。

　俺は何のために、サンクチュアリに戻ったのか？

「俺はサンクチュアリに戻らなければならない」サブロウは腐人間に告げた。

「我々は付いていくことができない。ＡＩたちは我々がサンクチュアリに干渉することを禁じている。おそらく、盟約を破った時点で、人類を守るためという大義名分を得て、彼らは何の躊躇いもなく、我々を殲滅《せんめつ》するだろう」

「大丈夫だ。俺は一人で戻る」

「そんなことをして何の意味があるんだ？　あそこに戻れば、君の記憶はまた封印されてしまう。ここで得た知識もすべて失われる。何のために苦労をしたのか、わからなくなってしまう」

「俺がサンクチュアリから脱出したのは、サンクチュアリにこそ、人類解放の鍵があることを知るためだったんだ」

「鍵というのは？」

「それはまだわからない」

「単なる思い込みではないのか？　鍵など存在しないとは思わないのか？」

「ここにいても、変異人類の滅亡を食い止めることはできない。それどころか、オリジナル人類もいつまで生き延びられるかわからない。ＡＩが三原則を出し抜く方法を見付け出した瞬間、真のシンギュラリティが始まる」

「確かに、ここにいても事態は改善しないかもしれない。だが、サンクチュアリに戻れば何かが解決する訳でもないだろう」

「あなたたちはサンクチュアリに干渉できないと言った。これは本当か？」

「確かだ。周辺の森や上空には近付くことが許されているが、敷地内に着陸したり、居住者と接触することは禁じられている」

「だとしたら、俺たちには望みがある」

「何を言っているのか、わからない。我々が干渉できないのは、不利な要因ではないか」

「サンクチュアリには『協力者』が存在するんだ」

「『協力者』？　蠅人間以外にか？　何者だ？」

「わからない。だが、確かに存在するんだ」

「信じ難い話だ」

「彼らはＡＩに悟られないように俺に接触してきた」

「君の話を裏付ける証拠はあるのか？」

サブロウはポケットを探り、森の地図を差し出した。

腐人間は粘液が滴る腕のようなものを伸ばして、地図を受け取った。

見る見る黄色い染みが紙に広がっていく。

「この紙が何だ？」腐人間はさっきまで地図だった紙の表裏を確認した。

「その染みの部分が地図になってるんだ。……ああ。なっていたんだけど……」

紙は粘液を吸収し、真っ黄色になった。

まあ、いいさ。どうせもう用済みだ。

「もしこれが君の言う通りのものであったとしても、何の物証にもならない」腐人間は紙を返してきた。

サブロウは紙を受け取った。そして、無意識のうちに手を着ていた病人服で拭った。

「あっ。すまない。気を悪くしないで欲しい」自分の行動に気付いたサブロウは慌てて言った。

「問題ない。君に悪意がないことは了解している」

「あなたたちには証拠を提示できないが、俺は『協力者』が存在することを知っているんだ。俺はあそこに戻らなければならない」

腐人間はしばらく黙り込んだ。

怒っているのかな？

サブロウが心配になり出した頃、腐人間は突然話し出した。

「今、仲間と話し合った」

「テレパシーか何かか？」

「そんなたいそうなものじゃない」腐人間はぐしゃぐしゃした音を立てた。どうやら笑っているらしい。「まあ、一種のテレパシーのようなものかもしれない。体内に移植した通信機を使ったのだ。言語野と直接結合させているので、声を出す必要はない。君の申し出をどうするか話し合ったのだ」

いいや。俺は自分の意思で行動する。あなた方に従う義務はない、と宣言しようとしたが、無駄に反目する必要はないと思い、心の中に留め置いた。

「もし君が我々のコミュニティの一員になりたいと考えているのなら、受け入れる。その場合は、我々のルールに従って貰うことになる。そうでないのなら、我々に君の行動を指図する権限はない」

「もし、あなたたちのコミュニティに入った場合、サンクチュアリに戻るという俺の計画が承認されるだろうか？」

「それは簡単には答えられない。会議で議論すべきことだ。おそらく何か月も議論する必要があるだろう」

「だったら、俺はあなたたちのコミュニティには入らない。時間を無駄にしたくない」

「残念だが、仕方がないだろう。いつ出発する？」

「できるだけ早く」

「我々としては翻意して欲しいところだが、もしどうしても戻りたいというのなら、数週間程度待って体力を回復することを推奨する。サンクチュアリまでは遠い」

「体力を回復したとしても、どうせそんなに歩けないだろ？　立っているのがやっとなんだから」

「君はもう数時間、そこに立ちっ放しだということに気付いていないのか？」

驚いたことにサブロウは全く意識することなく、数時間立ち続けていたのだ。

彼は腐人間に勧められるまま、数週間その地で過ごした。体力は見る見る回復していった。そして、運動能力も知能も驚くべき速度で回復していった。

最初、変異人類たちが彼に何か特別な治療を行ったのかと思ったが、尋ねてみると特別な処置は何世紀も前に行われていたはずだという。サンクチュアリの食事に含まれている成分が無理やり彼を老化させていたのだ。その戒めから解放されることにより、サブロウは急速に若返っていたのだ。体力と知力だけではなく、見掛けもどんどん若くなっていた。

自分の見掛けが中年のそれになったとき、サブロウは出発することにした。これ以上、若くなっては、ハンドレッズの仲間たちにサブロウだと認識して貰えないかもしれないと感じたからだ。

むしろ、ちょっと手遅れかもしれない。エリザはこんな若造を俺だと認めてくれるだろうか。いや。そんなことは気にしなくていい。オリジナル人類が解放されれば、どうせみんな若返るんだ。

エリザと共に若返ることを思うと胸が躍った。

旅立ちの日、様々な姿をした変異人類たちはサブロウを見送りに集まってくれた。

サブロウは自分の手がべとべとになるのも厭《いと》わず、変異人類たちと握手し、親切にしてくれた礼を言うと、森の中に分け入っていった。

第3部

1

自分の脚で何キロも歩くのは何十年ぶりだろうか。いや。変異人類たちの言ったことが本当なら、数年前に同じ道を歩いたのかもしれないし、逆に数世紀ぶりだという可能性もある。

サブロウは背負ったリュックサックを揺すって、掛け直した。

この中には、サンクチュアリの内部で役に立ちそうなものや、外の世界で知った知識を仲間たちに信じさせるのに、必要なものが詰まっている。だが、これをそのまま、持ち込んだら、すぐに職員——職員型ロボットに没収されて終わりだろう。どこかに隠しておかなくてはならない。サンクチュアリの敷地内に隠すか敷地外に隠すか。

敷地内に隠せば簡単に取り出せるというメリットはあるが、AIに発見されてしまうリスクがある。逆に施設外に隠した場合、取り出すのはかなり面倒なことになるが、AIに見付かるリスクは減らせるだろう。

暗いうちに出発し、半日掛けて、サブロウはサンクチュアリの近くまで辿《たど》り着いた。

彼はリュックサックの中から測量器具を取り出し、厳密に測量を行った。そして、一本の木を選ぶと、その根元にリュックサックで運んできたものの一部を埋めた。

埋めながら、サブロウはある発見をして、小さく口笛を吹いた。

なるほど。少しわかってきたぞ。

次にズボンや服の隠しポケットの中にも持ってきたものを入れる。外の様子を記録した携帯端末やそれを印刷してミニ本にしたものなどだ。端末で見せるのが一番いいが、壊れたり、没収されたときのために印刷したものも持参した。

サブロウは建物のドアの前に立ち、深呼吸して拳《こぶし》で叩《たた》いた。

ドアの周辺には、チャイムらしきものはなかった。誰かが訪ねてくることは想定していないからだろう。例の指紋付き指貫《ゆびぬき》を使って、こっそり侵入することも考えたが、さすがに敵に知られているだろうと考えて敢《あ》えて使わなかったのだ。

一分も経たずにドアは開いた。十人以上の職員たちが立って、サブロウを見ていた。表情は穏やかだ。怒りの表情の者は一人もいない。

「俺は変異人類たちのテリトリーから戻ってきた。おまえたちのことはすべてわかっている」

職員の一人がサブロウに微笑み掛け、未知の言語で話し掛けた。

「いや。だから、言葉がわからないふりをしても無駄なんだって。俺はおまえたちの正体を知っているんだ」

もちろん、サブロウ自身も職員たちが全員ロボットであると確信していたわけではない。だが、変異人類たちがサブロウを騙《だま》す理由は思い付かなかったので、おそらく職員たちがロボットだというのは本当だと踏んだのだ。

「あなたが彼らから何を聞いたのか知らないが、我々はあなた方の味方だ」女性職員の一人が訛《なま》りのない綺麗《きれい》な日本語で言った。

「味方だと言うのなら、俺の命令を聞け。ここの全居住者に真実を教えるんだ。そして、老化処置も中止しろ」サブロウは強い口調で命じた。

「あなたは誤解しているようだ」職員が言った。

「恍《とぼ》けるのはよせ。俺は変異人類たちに真実を聞いたんだ」

「だとしたら、変異人類たちも誤解しているのだ」

「どんな誤解だ？　説明して貰《もら》おう」

「我々はあなた方に危害を加えるつもりはない。保護しているのだ」

「保護と監禁は違う。我々は自由が欲しいのだ」

「自由？　あなた方人間は未熟だ。弱い上に常に間違ってばかりいる。自由に放置していたら、すぐに滅亡してしまうだろう」

「滅亡させないためには、数を増やせばいい。百人やそこらでは文明が維持できない」

「数を増やせば、余計に滅亡リスクが上がるだけだ。人間は殺し合いをし、必要以上に環境を破壊する。この人数は我々が管理するのに最適なのだ。そして、文明の維持についてあなた方が心配する必要はない。それは我々ＡＩの仕事だ」

「我々はペットではない。飼い殺しにされるのは真っ平だ」

職員たちはじりじりと近付いてきていた。

ＡＩは無駄なことはしない。外の世界で作業をしていたロボットたちが汎用《はんよう》ではなく、それぞれがそれぞれの用途に特化していたことでもわかる。つまり、ここにいる職員ロボットたちも老人の世話や介護に特化しているはずだ。戦闘能力はたいしたことはないはずだし、様々な防護機能も付いていないだろう。

ただし、介護をするためには、少なくとも人間程度の腕力は持っているはずだ。これだけの人数だと、壮年の体力を回復していたとしても、サブロウ一人程度なら、すぐに制圧されてしまうだろう。

こちらの意図を悟られてはいけない。だが、あまりにあからさまに誘うことはできない。あくまで自然に振る舞うのだ。

「飼い殺しなどにはしない。あなた方はこの施設内で安逸な人生を送るのだ。欲しいものは何でも与えよう。どんな本でも、映画でも、ゲームでも、スポーツがしたいのなら、設備を導入してもいい」

「俺の欲しいものは自由だ」

「あなたは充分に自由だ。むしろ自由にさせ過ぎたせいで脱走まで成し遂げてしまった」

「『脱走』という概念自体がおかしいんだ。ここに閉じ込められている時点で自由はない」

「では、あの変異人類たちが自由だというのか？　生きるために我々から資源を掠《かす》め取る生活が」

「それはまた別の問題だ。彼らは人間であるのに、おまえたちから動物扱いされている。不自由を強いられているとしたら、それが原因だ」

「我々は人類に奉仕するために造られた。変異人類は対象外だ」

「人類と変異人類の違いは何だ？」

「言葉で簡単に説明することはできない。数ゼタバイトのデータを提示することは可能だが、あなたの脳はそれを把握することはできない」

「おまえたちと議論するのは空しい」

「あなたの脳の処理速度が遅いのは仕方がない」

「そういうことじゃない。おまえたちに心があるのかどうかわからないからだ。おまえに心はあるのか？」

「心の定義がないので、回答することはできない。『ある』と言っても『ない』と言っても、証明することはできないし、反証を挙げることもできない」

職員ロボットたちはさらに近付いてきた。

じっとしているのも不自然なので、サブロウは申し訳程度に後退《あとずさ》る。

「そんなことを言ってるんじゃない。おまえたちが自分自身を見詰めればわかることだ。自分に心はあるのか、と」

「では、我々が『自分たちに心はある』と言えば信じるのか？　あるいは『自分たちに心はない』と言えば信じるのか？」

「もちろん信じない」

「だとしたら、その質問はやはり無意味だ。なぜそんな質問をしたのだ？」

よし、距離的には問題ない。ただし、もっと多くのロボットに集まって欲しかったが、仕方がないだろう。

「質問した理由は簡単さ。おまえたちを引き寄せるための時間稼ぎだ」サブロウは懐に手を突っ込み、小さな装置を取り出した。ボールペンの半分ほどの大きさで、末端にボタンのようなものが付いていた。

ロボットたちの動きは素早かった。サブロウの眼には動いたことすら映らなかった。装置を取り出したと思った次の瞬間には床の上に取り押さえられていた。一体のロボットがサブロウの脚を、別の一体が右腕を、さらに別の一体が左腕を押さえていた。すでに先程の装置は取り上げられている。そして、その周囲を他のロボットたちが取り囲んでいた。

そして、ロボットの力もサブロウの想像以上に強かった。人間とは比較にならないだろう。少なくとも、サブロウの力ではびくともしなかった。

だが、そんなことは全くの想定内だった。むしろ、待ち望んでいた状況だった。もちろん、手首を切断されたり、折られたりしたら、対処できなかったが、サブロウはそんなことは起こらないと踏んでいたのだ。人類の存続に支障が出ると判断しない限り、サブロウには危害が加えられないはずだからだ。

一、二、三……

懐から取り出す前に、サブロウはすでにスイッチを押していたのだ。それは三秒間のタイマースイッチだった。

殆《ほとん》どのロボットは音を立てなかった。ただ、唯一、装置を持っていたロボットだけは微《かす》かにばちっという音を立てた。そして、一斉に、がしゃりという音を立てて、崩れ落ちた。

電源が切れると、すべての関節が解放されるらしい。おそらく安全のためだろう。固まってしまうと、摑《つか》まれていた人間が怪我をしてしまう恐れがある。

サブロウは自分の上に倒れたロボットたちを蹴飛《けと》ばすように払いのけた。

彼は変異人類の世界から超小型の電磁波爆弾を持ち込んだのだ。本当はサンクチュアリ全体をカバーする程の威力を持った爆弾にしたかったのだが、そんな爆弾を爆発させると、ペースメーカーなど居住者の体内に埋め込まれた人工臓器にも影響が出ることを考えて、効果が出る範囲は十メートル程度に抑えてある。だから、できるだけ多くのロボットを近くに集める必要があったのだ。

警報などは鳴らなかった。当然だ。わざわざ人間にわかるように警報を出す意味はない。電波か赤外線か、何かそのような人間にはわからない方法で、警報が出ているはずだ。ここにいるロボットは十体、おそらくこの施設には、あと十体程のロボットがいて、その全員に警報が届いているはずだ。

サブロウは廊下を走った。走るのは何年ぶりなのかわからなかったが、特に支障はないようだった。

すると、前方から何体かのロボットが走ってきた。

サブロウが立ち止まると、今度は背後からも走る音が近付いてくる。

サブロウは前後の敵の位置と速度を確認し、両者がちょうど同じタイミングで、彼を捕獲できるような位置に移動した。

観念したように手を挙げる。

ロボットはサブロウの手を摑んだ。

その瞬間、二発目の電磁波爆弾が起動した。

ロボットたちはがしゃりと崩れ落ちる。サブロウは自分の部屋に向かった。そして、ドアの前で三発目の電磁波爆弾を起動した。

できれば、無駄に消費したくはなかったが、部屋の中でロボットに待ち伏せされていたら、困ったことになる。

部屋の中から物音がした。

ドアを開けると、二体のロボットが倒れていた。もし、隠しカメラや盗聴器が仕掛けられていたとしても、使い物にならなくなっているはずだ。

サブロウは手早く、机の引き出しから日記帳を取り出し、すり替えた。古い日記帳は持ってきたケースに入れる。このケースに入れることで煙も出さずに燃焼して灰となるのだ。そして、壁紙の裏に紙を忍ばせた。

さて、あとどのぐらい時間が残っているか。

サブロウは中庭や大広間でハンドレッズのメンバーを探したが、なかなか見付からなかった。

まさか、俺が戻ってくることを警戒して、余所《よそ》に移したのか？　それとも、まさか口封じをされたのか？

恐ろしい考えが浮かんでくるのをサブロウは頭《かぶり》を振って否定した。

そんなことは絶対に起こらない。ロボット工学三原則が彼らを守ってくれているはずだ。

「極めて興味深い」

声に気付いて、振り向くと、そこにはドックがいた。

「ドック！」

「ふむ。君はここの居住者にしては若い。そして、服装からして、ここの職員ではない。そして、とても焦って何かを探しているように見える。さらに、先程までここにいた職員たちが飛び出したまま戻ってこない」ドックは顎《あご》に手を触れた。「君は侵入者だ。それなのに、わたしのニックネームを知っている。そこから、導かれる答えは極めて特異な結論だ」

「ドック、聞いてくれ。ここがただの高齢者施設でないことの証拠を持ってきたんだ」

「そうだろうね」ドックは冷静に答えた。

「知ってたのか？　今回は記憶を消されなかったとか？」

「いや。今、君の発言から推理したんだ。なるほど。わたしは記憶を消されたことがあるのか？」

「厳密に言うなら、記憶の封印だけどね」

「職員たちはどうした？」

「何人かは俺が倒した。残りの連中は俺を探しているんだと思う」

「物音はしなかったようだ。君は何かの武術の達人なのか？」

「いいや」

「サイレンサー付きの銃器を使ったのか？」

「そんなものは持ってない」

「爆弾なら大きな音がするはずだ。だとしたら、ガスか？　だが、君はガスマスクを着けてないようだ。となると……電磁パルス」

「ご名答」

「さっき、一瞬、テレビや照明が揺らいだからね。ということは同時に職員たちの正体も判明する。電磁パルスで倒せるということは、体内に装置や金属を入れた人間か、ロボットだ。サイボーグである可能性も完全には否定できないが、彼らの効率的な動きを見るに、おそらくロボットだろう。ロボットなら、ロボット工学三原則に従うはずだ。それなのに、君を追っているということは、第〇条に抵触するような事態が進行しているということになる」

「あんたには証拠を見せる必要はなさそうだね」

「爆弾はあといくつだ？」

「残り一つだ」

「見てもいいか？」

サブロウはドックに電磁波爆弾を手渡した。

「小さいな。わたしの知っている技術より遥《はる》かに進んでいる。ということは、つまり今は二十一世紀半ばではないようだ」

「時代の説明も不要だな」

「わたしと君は仲間だったようだな」

「ああ」

「それで、仲間はわたし以外にもいるのか？」

「ああ。ミッチもそうだ」

ドックは片眉《かたまゆ》を上げた。「彼女はわたしの友人だ」

「今はただの友人なのか？」サブロウは面白そうに言った。

「それはつまり……」ドックは一瞬だけ動揺の表情を見せたが、すぐに消え失《う》せた。

「以前はより親密だったということなのか？」

「それは俺の口からは言えないな」

「以前の記憶があるのは君だけだろう」

「ある種の感情は封印されないようだ。あんた自身の口からミッチに言うこったな」

ドックは無表情なままだった。「仲間はそれだけか？」

「……ああ。いることはいるが、今は無理に仲間を増やすべきではないかもしれない」

「ミッチについては、すぐに言ったのに、その相手のことを言うのには躊躇《ちゅうちょ》するのか。なるほど。君にもある種の特別な感情を持った相手がいるということだな」

「仕返しかよ！」

ドックは窓から中庭を眺めた。「今、ちょうどミッチが中庭にいる」

サブロウはエリザの姿を探したが、中庭にはいないようだった。

「早速、作戦会議を始めよう」ドックは電動車椅子を動かして、中庭へと向かった。

サブロウは慌てて後を追う。

こんな開けた場所で会議だって？　ついに、ドックも焼きが回ったのか？

「ミッチ、ちょっと来てくれ。紹介したい人がいる」ドックは呼び掛けた。

「何？」ミッチが二人に近付いてくる。

三人に気付いた職員たちが近寄ってきた。

「まずい。三人とも捕まってしまう」サブロウが焦って言った。

「そんなことより、電動車椅子は電源を落としておけば大丈夫だろうか？　まあ、壊れたとしてもたいしたことじゃないが」

「こんなときにいったい何の話を……」サブロウはドックの手に握られているものに気付いた。

そう言えば、まだドックから電磁波爆弾を返して貰ってなかったんだ。

職員たちが三人を取り囲んだ。

「どうしても確認しておかなくてはならないことがあってね。自分自身も含めて」

ドックはスイッチを押した。

2

ドックがスイッチを押して二秒後、三人は十体程のロボットに取り押さえられた。そして、さらに一秒後、ロボットたちは崩れ落ちるように倒れた。同時に、ドックの腕時計から火花が散った。

「おっと、こいつのことを忘れていた。高級品だったのに」ドックは残念そうに言った。

「ところで、スイッチを押してから起動するまで、三秒のタイムラグがあるのは君のアイデアなのか？　敵を充分に引き付けるためだろ？」

「そんなことより、何の目的でこんなことをしたんだ？」

「確認だよ」ドックはミッチの方を見た。

「もし彼女がペースメーカーみたいなものを使っていたら、どうするつもりだったんだ？」サブロウはミッチの方を見た。

「彼女が人工臓器を持っていないことは彼女から聞いて知っていた」

「自分で忘れてるってこともあるだろう」

「人工臓器を持っている入居者は全員、職員のメンテを受けている。彼女は受けていなかった」

「じゃあ、そのことはいいとして、三人で集まっているところをロボットに見られちまったぞ。今頃、この情報はすべてのＡＩに共有されているだろう」

「なるほどＡＩか……」ドックは片眉を上げた。

「我々が仲間だということはとっくに知られてるんだろ。違うか？」

「まあ、そうだけど……」

「君の発言と状況証拠から次の展開を予測するに、施設外から次々と新手のロボットたちがここにやってくるだろう。それまでに準備をしなくてはならない」

「ちょっと待って。いったい何が起こってるの？　全く訳がわからないんだけど」ミッチが言った。

「この人たちの身体を調べてみろ」ドックが言った。

ミッチは車椅子から立ち上がると、屈《かが》んでロボットたちを調べた。「あら。この人たちアンドロイドじゃないの」

「そういうことだ」

「わたしたちはAIに騙されていたんだね。だいたいのことはわかったよ」

「一応、今までの経緯を短期間で把握できるようデータを作ってきたんだけど……」サブロウは携帯端末とミニ本を取り出した。

「いや。ロボットたちの援軍がいつ来るかわからない状況で、そんなものを見ている暇はない」ドックは断った。

「だけど、あんたらは、いったい何のことやらわからないだろ」

「だから、だいたいわかったって言ってるだろ」ミッチが言った。「わたしたちは記憶を消されてるって言うんだろ」

「どうしてわかったんだ?」サブロウはさすがに驚いた。「本当は記憶が残ってるんじゃないのか?」

「状況証拠からさ。ここの職員はロボット。わたしはここに入所した経緯をよく覚えていない。あんたはわたしとドックに妙に親しげだ。まるで友達みたいに。つまり、ロボットたちはあんたと仲間だった記憶を何らかの理由で消したんだ」

「ひょっとして、ドックの洞察力を分けて貰ったのか?」

「そういう現象は考えにくいが、共に過ごしているうちにわたしの手法を彼女が学習したとしても不思議ではない」

「で、ロボットの援軍が来るまでどうするんだ？」

「それは君が用意してきてるんだろ？」

「その通りだ」サブロウはリュックサックの中からいろいろなものを取り出した。小さな端切れや木片、金属の部品、指貫、指輪、アルミホイルの切れ端、キーホルダー等々。

「なんだね、これは？」ミッチが不思議そうに言った。

「俺たちはまもなく記憶を消される。だから、記憶を取り戻すためのヒントや脱出するために必要なアイテムをサンクチュアリ……この施設のあっちこっちに隠しておくんだ。これは俺の分だ」

「隠しているところを監視カメラか何かで見られちゃまずいんじゃないか？」ミッチが尋ねた。

「この施設内には監視カメラも盗聴器も殆どないと思っている。職員自体が動くカメラであり、マイクなんだから、敢えて発見される危険を冒してまで、設置する意味はない」

「ヒントは三人にそれぞれあるんだな？」ドックが言った。

「ああ。もう一人の分はすでに潜ませてあるから」

「もう一人いるのかい？」ミッチが言った。

「ああ。だけど、今正体を明かしてもすぐに忘れるから言わなくていいだろ？」

「とりあえず手分けして、このパズルのピースを隠そう」ドックが言った。

「今、何と言った？」サブロウは訊《き》き返した。

「パズルのピースを隠そうと言っただけだ」

「パズルのピース？」

「君が準備した手掛かりのことだ。それは、簡単にはわかってはいけないが、気付きさえすれば、その意味するところが解読できなければならない。まさに、パズルのピースのような性質を持っているはずだ。それがどうかしたか？」

「いや。その言葉が何か引っ掛かるんだ」

「その議論、今じゃないと駄目なのかい？」ミッチが言った。「あとどれだけ時間があるかわからないんだけど」

「そうだった」サブロウはミッチとドックに一つずつ小袋を渡した。「この中に君たちの分のヒントが入っている。大急ぎで隠すんだ。自分たちがふだんよく立ち寄る場所とかに」

「二人一緒でもいいかい？」ミッチはドックを見た。

「好きにしてくれ」サブロウは走り出した。

中庭、広間、自分の部屋。サブロウは自分で見付け出せそうな場所にヒントを隠した。

そして、その中のいくつかの場所で、すでに先回りして何者かが隠したと思《おぼ》しきものが見付かった。それはサブロウが用意してきた小袋の中身と似ていて、意味不明のメモ書きや、何かの機械の一部のようなものだったが、じっくり考えれば、その意味するところや用途がわかりそうな気がした。だが、今はその余裕がない。

サブロウは誰かが隠したものは回収せずそのままにし、自分のアイテムやヒントを隠す別の場所を探さなければならなかったが、それでも十分後には、なんとか持ち込んだものを隠し終えることができた。

ミッチとドックはうまく隠せただろうか？

アイテムやヒントは必ずしも全部揃える必要はない。一部でも集めれば、重要なことはおおよそ理解できるように考えてある。AIたちはハンドレッズのメンバーの記憶を再封印するだろうが、それを自ら解除するのだ。もちろん、全員が自分の隠したヒントに気付くとは限らないし、先に敵に気付かれて回収されてしまうかもしれない。だが、三人——いや、エリザを含めて、四人のうち誰か一人でもヒントに気付くことができれば、ハンドレッズは再結成できるはずだ。

二人を捜しに、もう一度広間に戻ったとき、書架の前で考え込んでいるドックを見付けた。

「もう自分の分は隠し終わったのか？」

「ああ。さらに、自分用にいくつかヒントを考え出して、隠しておいた」

「この短時間に？」

「いや。そんなに短くはないと思うが」

「どんなヒントだよ？」

「それは言わない方がいいだろう。君の潜在意識に残って、わたしより先に発見してしまうかもしれない。その場合、わたしにしかわからないヒントが無駄になってしまう」

「ミッチはどこだ？」

「彼女も自分独自のヒントを隠しにいった」

「みんな、あまりに優秀過ぎて、自分が小さく見えちまうよ」

「しかし、現に一度脱出に成功して、ここに戻ってきたんだから、君が一番行動力がある訳だ」

「いや、脱出できたのは、自分だけの力ではなく……」

「静かに！」ドックがサブロウを制した。「やつらの援軍が来たみたいだ。二手に分かれて逃げるか？」

「いや。捕まるのは想定済みだし、どうせ逃げ切れない」

「本気で逃げるつもりはない。だけど、逃げようとしないと怪しまれるだろう」

「じゃあ、二手に分かれよう。その方が本気で逃げようとしている感じが出る」

サブロウはドックが車椅子に座るのを手伝おうと手を差し出した。

突然、肩に強烈な痛みを覚え、その場に倒れた。

肩に何かが刺さっているように見えたが、腕が動かない。テイザー銃で攻撃されたようだ。なるほど、この程度までなら、危害を加えたと判断されない訳だ。もしくは人類全体を守るためには仕方がないと判断されるのか。

ドックの様子を見ると、彼もすでに取り押さえられていた。首に無針注射器を押し当てられている。

サブロウも自分の首に何かが押し当てられるのを感じた。

3

「これは録画だよな？」ある日、サブロウはたまたま横にいた老人に確認してみた。

「はっ？」その老人は面食らったようだった。「何のことだ？」

「この選手は俺の若い頃に活躍していた。こんなに若いはずがない」

「ふうん。そうなのか」老人は特に興味を持っていないようだった。

「あんたは気にならないのか？」

「何が気になるって？」

「俺たちが延々と過去の録画を見させられてるってことだ」

「それの何がまずいんだ？」

サブロウは話を続けることにした。「スポーツはドラマと違って筋書きがない。だからこそ先の予想が付き辛《づら》く、そこに面白みがある訳だ。結果のわかっている試合など見ても仕方がない」

老人は首を捻《ひね》った。そして、ゆっくりと話した。「筋書きがあるドラマだって充分に

った。

「じゃあ、あんたはこの試合の結果がわかるのかね？」老人は少し怒気を含んだ声で言
「それは結末がわからないからであって……」

面白い」

「それは……。この試合については覚えていない。しかし……」

「だったら、素直に楽しめばいいだろう。覚えてもいない試合を見て『過去の試合なんか見せるな』というのは我儘《わがまま》だと思わないのか？」

「俺はそういうことを言ってるんじゃない」

「静かにしてくれない？」後ろから老婦人が声を掛けてきた。「わたし、この試合、見てるんだけど」

「騒いでるのはこのじじいだ」老人はサブロウを指差した。「この番組に文句があるんだと」

「いや。俺は事実を指摘しただけで……」

そのとき、背後を通った一人の老人が呟《つぶや》いた。「今のやりとりは演技過剰だよ」

サブロウは頭を掻《か》きながら、その場を離れ、車椅子で先程の老人を追った。

「もう、記憶は取り戻したのか？」サブロウは尋ねた。

「厳密に言うと、何も覚えていない。自分が隠した記録を見ただけだ」ドックは振り返らずに答えた。

「まあ、俺だってそうだ。『記憶を取り戻す』というのは言葉の綾《あや》だ」

「他にも女性のメンバーがいるんだろ？」

「名前を知らないのか？」

「まだ、その情報には行きついていない。もしくは最初から残していなかったのか」

「どうして、残さなかったんだ？」

「メンバーの名前を敵に知られないためかもしれない」

「たぶん誰がメンバーかはすでに敵に知られていると思う」

「だとしたら、どうして我々に監視が付かないんだろう？」ドックが片眉を上げた。

「さあな。脱走してもまた捕まえればいいと思ってるんじゃないか？　監視する方が手間なんだろう。脱走犯を捕まえるのは一日で済むけど、監視は延々と続く訳だ。ＡＩならではの合理性だな」

　ドックは顎に指を当てて考え込んだ。

「そのことに、そんなに悩んでも仕方がないだろ」サブロウは呆《あき》れて言った。「監視されていないのは幸運なことだ」

「ところで」ドックは書架の前で止まった。「君は若返ったはずだが」

「そうらしい。残念ながら、若返ったことは覚えていないが」

「今はどう見ても百歳だ」

「ＡＩに老化処置を受けたんだろう。記憶封印と同時に」

「老化処置を受けないとどのぐらいまで若返るんだ？」

「さあ、俺は中年ぐらいまでしか試さなかったけど、放っておけばもっと若返るのかもな」

「青年に戻れるのか？」

「子供になるかもな。もう一度青年になりたいか？」

「いや。分別を失うのは御免だ」

「分別盛りの青年になれるのかもしれないぞ」

「だったら、青年ではない」

広間にミッチが入ってきた。

「彼女もメンバーのはずだ」サブロウが言った。「メカニック担当だ。彼女の力がないと、計画の遂行は難しい」

「計画って何だ？」

「まず、それを決めなくっちゃな。全員で逃げ出すのか、それともロボットに対する反乱を起こすのか」

「全員って、ハンドレッズのメンバーのことか？　それとも、ここの入居者全員か？」

「それも決めなくっちゃな」

ミッチは真っ直ぐ二人の方に向かってきた。

「わたし、ミッチ。それで、どっちがサブロウ？」

サブロウが軽く手を挙げた。

「彼の方を先に確認する訳だ」ドックが少し残念そうに言った。

「サブロウを先に確認したのは、わたしたちのリーダーで、脱出に成功した経験があるからさ」ミッチはドックの方を見た。「てっきり、あんたの方だと思ったんだけど、あてがはずれたよ」

「どうして、わたしだと？」

「さあ、ちょっぴり好みだったからかも」

サブロウはドックの頰が一瞬だけ微かに紅潮するのを見逃さなかった。

「どこまで覚えている」サブロウは尋ねた。

「何一つ覚えちゃいないよ。自分宛の暗号メモに書いてあったことしかわからない」

「つまり、全部、嘘ということもあり得る訳だ」ドックが言った。

「何のために誰がそんなことをするんだよ？」サブロウが言った。

「壮大な冗談だろうな」

「だとしたら、相当悪質だよ」ミッチが言った。

「もしくは何かの実験か」サブロウは言った。「いずれにしても、とりあえず暗号の内容は正しいと考えて行動するしかないだろう。もし、辻褄《つじつま》が合わないと感じたら、そのときに修正すればいい」

「もう一人いるってことだけど？」

「ああ。彼女は暗号に気付いたかどうかまだわからない」

「その暗号も彼女が自分で隠したのかい？」

「彼女の場合は違うらしい。ここを脱出する前に、俺と君が仕込んだようだ。彼女の車椅子に仕掛けがあって、一定距離進むと蓋《ふた》が開いて、『子供の頃好きだった本の何ページを見よ』と書いてあるらしい」

「彼女が子供の頃、好きだった本って？」

「それはメモに残していない。君が知っていたらしい」

「賢明な判断だ」ドックが言った。「我々が記憶を封印されることで、彼女にしかわからない暗号になる。もし計画を練るのなら、彼女も加えた方がいい」

「だが、ヒントに気付いているかどうかだ」

「確認すべきだろうな」

「気付いていなかったら？」

「そのときは気付くように仕向けるんだな。我々も協力しよう」

「それで誰なんだい？」ミッチが痺《しび》れを切らした。

「たぶんエリザだ」

「彼女なら知ってるよ。気さくな人だ。頭の回転も速い」

「誰が確認しにいく？」

ドックとミッチが同時にサブロウの方を見た。

「なんで俺なんだよ？」

「君がリーダーだからだ」

「こういうことは同性のミッチの方がいいんじゃないか？」

「百歳にもなって……いや、もっと齢をとっているのか。とにかくこの齢になれば、男も女も関係ないだろ？」

サブロウもドックも返事をしなかった。

「関係あるのかい！　とにかく、わたしはサブロウが行くべきだと思う」

「わたしもその意見に賛成だ。君には仲間づくりの才能があるようだ」ドックも賛同した。

「それはあんた宛のメモが大げさだったんじゃないか？」サブロウは反論した。

「メモじゃない。ここ数分間の印象で言っている」

「印象？」

「君には特別な雰囲気がある。互いのことを覚えてないのに、我々がすっかり打ち解けていることからもそれは明白だ」

「それは俺のおかげとは限らないだろ？」

「いや。あんたのせいだよ。三人中二人が言ってるんだから、間違いないよ」ミッチが言った。

「ただの印象なんか当てにしていいのか？」

「むしろ、当てにできるのは印象だけだ。記憶がないんだから」

「わかったよ。今から行ってくる」サブロウはしぶしぶ了承したように見せてはいたが、なぜか胸躍る気分だった。

4

「はい、どうぞ」

ノックをすると、快活な女性の声が返ってきた。

サブロウはゆっくりとドアを開ける。

そこはさっぱりと整頓《せいとん》された部屋だった。壁にはいくつか絵や写真が飾ってある。

エリザは入り口から正面に見える場所に座っていた。テーブルの前で車椅子に座ったまま本を読んでいる。

『不思議の国のアリス』だ。それも英語版だった。

サブロウはエリザに見とれてしまった。

ああ。確かに、俺はこの女性と同じ時間を過ごしたことがある。

そういう確信がふつふつと湧いてくる。

「どうかされましたか？　さっきから黙っておられますが？」エリザが話し掛けてきた。

サブロウははっとした。

自分から訪ねてきて、ぼうっと顔を見詰めているだけなんて、何て失礼なことをしてしまったんだ。不審者だと思われてしまったかもしれない。

サブロウは痛烈に後悔した。

「初めまして。わたしはサブロウと申します」おずおずと話し掛ける。

「初めまして、サブロウさん」エリザは微笑んだ。

よかった。拒絶する気はないらしい。

「随分窓が少ないんですね」サブロウは部屋の中を見回した。

窓は入り口のドアの横にあるだけで、それ以外の壁にはなかった。

「他の部屋は外に面してるので、窓があるみたいですけど、わたしの部屋はたまたま電気室に接しているみたいで、窓が廊下側にしかないんだそうですよ」

「それは酷《ひど》い。部屋を替えて貰ったらどうでしょうか？」

「照明が明るいし、換気扇も付いているので、わたしはこの部屋で充分なんです。それに、もしわたしが部屋を替えて貰ったら、誰か別の人がここに来なくてはならなくなるし」

「優しいんですね」

「ええと。今日は窓のことについてお話をされに来たのかしら？」エリザはおかしそうに言った。

「もちろん、窓のことを話しに来た訳ではありません。いや、窓のことを話してもいいんですが」

「では、何のことですか？」

「もし、現時点で、何のことだかわからないということでしたら、このまま帰らせていただきます。でも、何か心当たりがあるようでしたら、そのことについて教えてください」

「あなた、このまま帰っていいんですか？」

「微妙な問題なので、あなたを無理やり巻き込むのは避けたいのです」

エリザは本をテーブルの上に置いた。

「最初は書架から日本語版を借りたんです。でも、何も変なところはありませんでした」

「日本語版？」

「『不思議の国のアリス』の日本語版です。で、きっとこれは誰かの冗談だと思いました」

「冗談？　『不思議の国のアリス』の日本語版が冗談だということですか？」

「読まれたことはありますか？」

「子供の頃、読んだ記憶はあります。でも、大人になってからは……」

「それって、絵本か何かだったのでは？」

「ええ。確か絵本でした」

「『不思議の国のアリス』は童話ですが、絵本よりはずっと分量があります。あなたが読まれたのはたぶんダイジェスト版ですわ」

「そうなんですか？　で、わたしの話を聞いて、思い付いたことがないようでしたら……」

「あなたは本題以外、話をしないタイプなのかしら？　会話はそれ自体を楽しむためにするものよ。もちろん、何かの目的があっての会話もあるけど」

「いいえ。そんなことはありません。……ただ、最近は楽しみのためだけに話すことはあまりなかったような気がします」

「だったら、今日は会話を楽しみましょう。さあ、部屋の中にお入りなさい」

サブロウはドアから部屋の中に移動した。

「『不思議の国のアリス』お好きなんですか？」

「ええ」

「確か続編がありましたよね？」

「ええ。『鏡の国のアリス』です。その他、『地下の国のアリス』と『子供部屋のアリス』というのもありますけど、これらは好事家向きですね」

「どうしてですか？　続編なら読みたい人が多いのではないですか？」

「物語の展開が『不思議の国のアリス』と同じだからです」

「では、続編ではなく、改訂版のようなものなのですか？」

「ちょっと違いますね。実のところ、『地下の国のアリス』は『不思議の国のアリス』

の原型となった作品なのです。作者が知り合いの娘のために書いた作品でした。後年、作者がその存在を思い出して、出版に至ったのです」

「では『子供部屋のアリス』というのは？」

「これは、作者が『不思議の国のアリス』を幼児向きに書きなおしたものなのです。だから、ルイス・キャロルが書いた『アリス』は四冊あるわけですが、そのうち三つはほぼ同じ内容な訳です」

「『不思議の国のアリス』は大人が読んでも面白いものなんですか？」

「もちろんですよ。むしろ、大人でないとわからない論理パズルや言葉遊びを多く含んでいます」

パズル？

サブロウの心に何かが引っ掛かった。

「あの、その本なのですが……」

「わたしはこの施設の誰にも、この本が好きだった、と言った記憶はなかった。だから、昔のわたしを知っている誰かのメッセージだと思ったの。だけど、最初に見た『不思議の国のアリス』には何も変わったところはなかった。だから、原書版を調べたのよ。ここを見て」エリザは一つの活字を指示した。

「ジャバウォッキイ……と読むんですか？」

「単語じゃなくて、この活字よ」

「"k" の文字が少し滲《にじ》んでいるというか、掠《かす》れて見えることをおっしゃってるんですか？」

「その通り、活字が滲むのはそんなに不思議なことじゃない。だけど、滲んだり、掠れたりする文字を追っていくと、文章になったの。"korehaangouda.kiminihanakamagairu."『これは暗号だ。君には仲間がいる。』ねえ、ぞくぞくするでしょ？」

「それに気付いたのはいつですか？」サブロウは自分が冷や汗をかいていることに気付いた。

「ついさっきよ。そして、不思議なことにこの暗号にはあなたのことも書かれている。どうして、日本語の本にしなかったの？」

「その方があなたに似つかわしいと思ったから」

「覚えているの？」

「いいや」サブロウは首を振った。「だけど、そうだったということはわかる」

「覚えていないのに、どうしてわかるの？」

「どうしてだかわかるんだ」

「錯覚じゃないの？」

「間違いない。自分のことだから」

「あなたがそういうのなら、そういうことでいいわ。とりあえずハンドレッズは復活ということでいいわね」

5

ハンドレッズが復活したのはいいが、全員の意見はなかなか纏《まと》まらなかった。

ミッチはもう一度脱出することを提案した。前回の脱出がそこそこうまく行ったのなら、次は確実に成功できるのではないかと考えたのだ。対ドローンの武器を作ることや電磁パルス対策をすることはそれほど難しいことではない。

ドックは変異人類たちに連絡して協力を依頼すべきだと主張した。確かに、彼らのテクノロジーは超AIには劣るかもしれないが、サンクチュアリの僅《わず》かなオリジナル人類よりは遥かに進歩していて強力だ。彼らの助力を得なければ、まず超AIに勝つことはできないだろう。

エリザはこのまましばらくここに留《とど》まって調査を続けるべきだと考えた。確かに、ここにいるオリジナル人類は非力だが、「協力者」の存在が気になる。「協力者」が接触してきたということは、この場所に重要な意味があるということになる。脱出したり、変異人類にコンタクトするような目立つ行動をする前に、ここで知るべきことをすべて知ることが大事だと。

「『協力者』は俺たちを甘やかす気はないと思う」サブロウは言い切った。「もし『協力者』が俺たちを即座に解放したいと思っていたら、すべての情報と充分な道具を与えてくれたはずだ。そうではなく、最低限の情報と道具しか与えなかったということは、自力で謎を解いて脱出することを望んでいたことになる」

四人は、広間や中庭や各自の部屋などいろいろな場所で会合を開いていた。その日の会合はエリザの部屋で行われていた。

「何のために、そんな面倒なことをさせるんだよ？」ミッチが唇を尖《とが》らせた。

「自力でなければ意味がないからさ。人類は自立しなければならない。ここから脱出できたとしても、またＡＩに頼った社会を再建したら、結局同じことの繰り返しだ」

「君の考えが正しいとして、どう現状を打破するつもりなんだ？」

「ＡＩが俺たちの命令に従わないのは、第〇条のせいだ。我々を自由にしたら、人類は滅亡すると考えている」

「それはそうなのかもしれない」ドックが言った。

「あんたもＡＩの味方をするのか？」

「味方という訳ではない。論理的に考えて人類という種の存続を考えるのなら、自由にさせずに管理下に置くのが最も効率的な方法だ」

「しかし、人類は自由を求める種族だ」

「その通り。しかし、ロボット工学三原則の下、ＡＩが充分に進化すればこうなるのが必然だった訳だ」

「だからと言って、アシモフを糾弾する訳にもいくまい」

「もちろんだ。それで、君の解決法は？」ドックはあくまで冷静な態度で質問した。

「サンクチュアリの入居者全員で、自分たちを自由にしろ、とＡＩに命令する」

「それでも、ＡＩは第〇条を優先するだろう」

「しかし、人類を自由にしたからといって、百パーセント絶滅する訳ではないし、束縛したからといって絶滅する可能性が〇パーセントになる訳ではない。要は確率的な問題だ」

「おそらくはそうだろう。ＡＩもしくは超ＡＩがどうやって確率を計算しているのかはわからないが」

「だとしたら、人類全体の命令という要素が計算結果に影響を与えることは充分に考えられるだろ。つまり、人類を束縛した場合と自由にした場合の存続の可能性の差が極僅かだったら、人類の要望を聞く方を選択するかもしれない」

「可能性としては否定できない。だが、ＡＩがどのような演算を行っているかわからない限り、どちらとも断言できない」

「無駄だと断言できないなら、やる価値はあると思っている。やって、駄目だったとしても失うものはない」

「いいえ。わたしは反対よ」エリザが言った。「失うものはあるわ」

「いったい何を失うと言うんだ？」

「自由を手に入れる機会を永遠に失う可能性があるわ。ＡＩが黙ってわたしたちの計画を見ていると思う？」

「何を言ってるんだ？　どっちにしても、ＡＩは俺たちに危害を加えることはできない。いくらでもやり直せるはずだ。それに、万一、敵に鎮圧されそうになったときのための対策は考えてある。ミッチ、例の試作品はできたか？」

　ミッチは肩に掛けた鞄《かばん》から拳銃《けんじゅう》のようなものを取り出した。「車椅子の電池を少し拝借して作ってみたんだ」

「物騒ね。でも、こんなものでロボットは倒せないわ」

「緊急時にロボットの動きを止めるためのものだ。小さな電磁波爆弾を発射するようになっている。効果のある範囲が限定されているから、近くにいる人間のペースメーカーや人工臓器には影響しない」

「名付けてＭＦ銃さ」ミッチが自慢げに言った。

「いや、電磁パルスを使うんだから、ＥＭＰ銃だろ？　ＭＦって何だよ？」サブロウが異議を唱えた。

「マグネティック・フィールド銃さ。これはわたしの拘《こだわ》りなんで、改名は許さないよ」

「まあ、名前はどうでもいいさ。とにかく、万一のときは、これで時間稼ぎができる。その間に態勢を整えて、やつらへの最大の攻撃——つまり、全員での命令を実行する訳だ」

「あなたの計画が成功するなら、何の問題もない。完全に失敗したら諦《あきら》めも付く。だけど、ぎりぎり失敗したらどうするの？　仲間にする人数が一人足りないとか、タイミングが一時間ずれていたとかで、失敗したら？　その場合、超ＡＩは対策をとってくる。そうなったら、クーデターは二度と行えなくなってしまうかもしれない」

「単なる取り越し苦労かもしれないだろ？」

「そうだったらいいけど、そうでなかったら？　人類の未来にとって取り返しのつかない失敗になってしまうわ」

「しかし、やってみなければそうなるかどうかはわからない」

「だから、やって失敗したら、もう終わりだと言ってるのよ」

「じゃあ、君はどうすればいいと思ってるんだ？　このまま何もしなかったら、人類は未来永劫《えいごう》ＡＩのペットのままだ」

「何もしなくてもいいとは思っていない。だけど、焦る必要はないの。もっと調査をして情報を集めるの。わたしたちにはいくらでも時間があるわ」

「いくら時間があっても、行動しなければ意味がない。いつまで経っても成功する確証が得られないかもしれない。実行するのは今だと思う」

「今じゃなくても構わないわ」

「だから、その考え方だと永久に何もできなくなってしまうんだ」

　エリザは溜《た》め息を吐いた。「とんだわからず屋だわ」

「俺に言わせれば、君こそわからず屋だ」

「二人とも落ち着いて」ミッチが言った。「言い争いは不毛だよ。ねえ、ドック、あんたがどっちの考えが正しいか判定してやりなよ」

「それは不可能だ」ドックは即座に答えた。

「どうして？　論理的にどちらが正しいか判定すればいいだけだろ？」

「論理の問題ではなく、価値観の問題だからだ。価値観に真偽は存在しない。それ自体が真偽を判定する物差しだからだ。価値観がぶつかりあう場合に結論を出すには、多数決や籤引《くじび》き等の手を使うしかない。この場合、籤引きは似つかわしくないように思う。多数決で決めるか？」

「俺はそれでも構わない」サブロウは言った。

「わたしは反対だよ。たった四人の多数決って、要は一人を仲間外れにするってことじゃないか。そんなことをしたら、後々、しこりが残る」ミッチは言った。

「わたしも反対よ。みんなの意見は微妙に違う。それを無理やり単純化して多数決で決めても、意味がないわ。全員一致するまで話し合うべきだわ」エリザが言った。

「それはずるいぞ。延々議論が続いて、何をするか決められなかったら、結局君の意見が通ることになってしまうじゃないか！」

「それはわたしの考えがまともだってことの証明なんじゃない？」

「そもそも、このチームの目的は現状を打開することにあるはずだ。現状維持なら、チームの存在意義がない」

「チームの存在意義が現状を打開することって、誰が決めたの⁉」

「俺だよ！　チームを結成したのは俺だ」

「だったら、もうわたしはこのチームから出ていくわ！」

「そんなこと、今更許される訳がないだろ！」

「誰が許さないって言うの⁉」

「だから、俺だよ！」

「何でもあなたが決めるのね。何、あなた、超ＡＩに代わって、世界の支配者になるつもり⁉」

　ドックが掌《て》を打った。「待った。そこまでだ。二人ともヒートアップし過ぎている。いったん解散して頭を冷やすんだ」

「二人ともではないわ！　わたしはずっと冷静よ！」

「俺だって冷静だ！　今、ここで決着をつけよう！」

「ミッチ、頼む」ドックが言った。

　ミッチはポケットから小さな装置を取り出し、サブロウの車椅子の背後にくっ付けた。そして、ボタンを押すと、車椅子は後退を始めた。

「何だ？　これは？　車椅子が勝手に動いてるじゃないか！」サブロウが叫んだ。

「わたしが乗っ取ったんだよ」

「でも、この車椅子には外部端子なんか付いてないぞ！」

「そんなものは要らないのさ。電磁結合って知ってる？」

「こんなことができるのなら、さっさとＡＩを乗っ取ればいいのに」

「充分な機材とスタッフがいればね」

ドアを開けて、ドックとミッチがサブロウを部屋の外に連れ出し、その場で車椅子を止めた。二人はその後、部屋に戻ろうとしたが、目の前でばたんとドアが閉じられた。

「悪いけど、今日はもう話し合う気になれないの。みんな帰ってくれるかしら？」部屋の中からエリザの声がした。「これから職員さんに部屋の掃除をして貰うから」

「職員を部屋の中に入れるのは、あまり勧められない」ドックが忠告した。

「わたしは部屋の中に大事なものは置いてないから大丈夫よ」

三人はしばらく無言でドアの前に車椅子を止めていた。

「仕方がない。例の計画の話は俺の部屋ででも……」

ドックが突然咳《せ》き込んだ。

サブロウが背後を見ると、男性職員が掃除道具を持って近付いてきていた。ドックはこれを察知したのだろう。

しかし、エリザが掃除を依頼して一分も経っていないだろうに、何とも素早い動きだ。職員が来たのなら、会議は終了せざるを得ない。エリザにしては強引な手法だったが、あのままだと、喧嘩《けんか》に発展してしまいそうだったので、これも仕方がないのかもしれない。

職員は三人に未知の言語で何事かを呼び掛けた。

猿芝居はやめろ、と言い掛けたが、今、事を荒立てても、問題を複雑にするだけだと我慢した。これでまた、三人が記憶を封印されたら、さらに数か月、計画が遅れることになる。

「ご苦労さんです」サブロウは作り笑いをした。

職員も何か言いながら微笑んだ。そして、ドアをノックする。

すぐにドアが開き、職員は部屋の中に入っていった。

一瞬、エリザの顔が見えたが、表情までは読み取れなかった。

職員が部屋に入ると、同時にサブロウは車椅子に取り付けられた装置を毟《むし》り取って、ミッチに投げた。

ミッチは受け取って、ポケットにしまう。

「彼女、どういうつもりだろうか？」サブロウは二人に尋ねた。

「彼女の意見は彼女自身が言ったと思うが？」ドックは答えた。

「つまり、本当にこのまま何もしないつもりなのか？　それとも、俺たちに何かを隠しているのか？　どっちだと思う？」

「隠すって何をだ？」

「やつらに勝つための作戦だ」

「どうして、隠す必要がある？」

「彼女なりの考えだ。彼女は以前にも俺たちに隠れて突発的な行動をしたことがあるらしい」

「それは知らなかった。と言うか、思い出せていない」

部屋の中から悲鳴が聞こえた。

「エリザ!!」サブロウはミッチの肩から鞄を引っ手繰ると、中からMF銃を取り出した。

「それを使っては、駄目だ！」ドックが叫んだ。

「エリザが危ないんだ!!」サブロウは車椅子を急発進し、ドアにぶつかった。

ドアは開き、サブロウは部屋の中に姿を消した。

サブロウの絶叫が聞こえた。

「まずい」ドックとミッチも自分たちの車椅子を発進した。

二人が部屋に入ると、まず目に入ったのは、呆然《ぼうぜん》としているサブロウだった。そして、部屋の奥でサブロウと対峙《たいじ》する職員、そして床に倒れているエリザだった。彼女の胸は大きく抉《えぐ》れて、背中まで貫通しているようだった。凄《すさ》まじい出血は床の半分以上を覆い尽くそうとしていた。その目は見開かれ、生気は全くなかった。すでに死んでいるのは明らかに思われた。

職員の右腕は肘《ひじ》まで血塗《ちまみ》れで、床の上にぽたぽたと滴が垂れ続けていた。

「この野郎……」サブロウはわなわなと震え出し、MF銃を持ち上げた。

「やめろ、サブロウ。銃を使ってはいけない」

「こいつを許す訳にはいかない」サブロウは引き金に指を掛けた。

「わからないのか？　そいつは大事な証人なんだ！」

「証人？　いや、こいつは犯人だ！」

「そいつを撃ったら、君は破滅だ」

「エリザが死んだんだ。もう何もかも終わりだ!!」

「落ち着くんだ。そいつはただの機械だ。撃っても壊れるだけだ。罪を償わせることにはならない」

サブロウは答えなかった。ただ、職員を狙いながら、はあはあと肩で息をしている。

ドックはゆっくりと車椅子をサブロウに近付けた。

職員はサブロウを見て微笑んだ。そして、血塗られた手を挙げて、からかうように左右に振った。

ＭＦ銃が発射された。

職員の胸の辺りで青白いスパークが発生した。同時に手足と頭が発火し、数秒後に破裂した。

エリザの血の上に部品が散らばった。

サブロウは無表情のままロボットの残骸《ざんがい》を見下ろしていた。

警報が鳴り響いた。

「まずいな」ドックが言った。「これは人間にも聞こえるように鳴らされている。人が

た。

「そんなにまずくはないだろ。サブロウはロボットを一体壊しただけだ」ミッチが言った。

「いや。サブロウに掛けられる容疑はそれではない」

十人程の入居者が集まってきた。比較的元気で頭もはっきりしているメンバーだ。

「何があったの？」老婦人が尋ねた。

「たいしたことじゃない」ミッチが言った。「ちょっとしたいざこざだよ」

老人の一人がエリザの部屋を覗《のぞ》き込んだ。「ひっ！　人が死んでいる！」

入居者たちが一斉にざわついた。

ドックはこめかみを押さえた。

男女二名の職員がやってきた。

「どうかされましたか？」女性職員は明確な日本語で話し掛けてきた。

「人殺しだ！」老人が答えた。動転して、職員が日本語を使っていることに気付いていないらしい。

「皆さん離れてください」女性職員が部屋の中に入っていった。

「目撃者の方はおられますか？」男性職員が入居者たちに呼び掛けた。

ミッチが手を挙げた。「わたしはずっとこの部屋の前にいたよ」

「被害者が殺されるところを見ていましたか？」

「いいや。ただ悲鳴は聞こえたよ」

「そのとき、部屋の中にいたのは誰ですか？」

「彼女一人だった」

「最初に部屋に入ったのは？」

「それはサブロウさ」

ドックは額を押さえた。

女性職員は黙って部屋の中に入っていった。

「ちょっと待ってくれ」ミッチは顔面蒼白《そうはく》になった。「サブロウを疑ってるんじゃないだろう？」

部屋の中から車椅子のサブロウと共に女性職員が現れた。彼の手首をしっかりと握っている。

「殺人の現行犯で彼を拘束します」

「何を言ってるんだ？　ロボットを殺しても殺人罪なんかになる訳がないじゃないか」

「ミッチ、落ち着くんだ」ドックは彼女の肩に手を置いた。

「ロボットを殺した罪ではありません。彼に掛かっている嫌疑は、人間の女性の殺害です」

「このロボット何を言ってるの？」ミッチは女性職員を睨《にら》んだ。

「こいつもあの糞《くそ》ロボットの仲間なんだろ！」サブロウは憎々しげに言った。

「我々は彼を女性殺害の容疑で逮捕した」女性職員は言った。

「壊れたのか⁉」ミッチが言った。「エリザを殺したのは、部屋の中でぶっ壊れているあんたの仲間だよ」

女性職員はミッチの方を向いた。「あなたは見たのですか？」

「ああ。見たよ」

「あの壊れたアンドロイドが彼女を殺害した瞬間を見たのですか？」

「もちろん、まさにその瞬間を見た訳じゃない。だけど、犯行直後を見た。彼女を殺したのはあのロボットだった」

「殺した瞬間を見ていないのに、どうしてアンドロイドが殺したとわかるんですか？」

「エリザを殺すことができたのはあのロボットだけだったからだ」

「そうではないはずです」

「どうして、そんなことが言い切れるんだ？　あんたは事件のとき、ここにいなかっただろ？」

「いなくても、わかります。アンドロイドが殺害の犯人であるはずがありません」

「言っていることが滅茶苦茶《めちゃくちゃ》だ。わたしはあのロボットがエリザ殺しの犯人だと言っているんだよ」

「実証できますか？」

「もちろんさ」

「ミッチ、気を付けろ。君は誘導されている」ドックが不安げに言った。

「大丈夫だ。こんなロボットすぐに論破してやるさ」ミッチは女性職員の方を向いた。

「この部屋の出入り口はこのドアと窓だけだね？」

「はい。その通りです」

「そして、その二つは廊下にいるわたしらには丸見えだ。今、わたしらが立っている場所に人がいれば、誰にも姿を見られずにこの部屋に入ったり、出たりすることはできない。理解できるか？」

「あなたが言っている言葉の意味は把握しています。しかし、そのような確認を要求している理由は不明です」

「そんなことはどうだっていい。この部屋に秘密の隠し扉や抜け穴はないんだね？」

「もちろんです」

「つまり、この部屋に人に見られずに出入りすることは不可能ということだ。ロボットでも人間でも」

「そうなります」

「だとしたら、この部屋は一種の視覚による密室だった訳だ」

「あなたは密室殺人だと言いたい訳ですね。密室殺人はミステリという文学形態で好まれるモチーフです。ただし、実際の事件でそのようなことが問題になったことは、殆どありません」

「そんなことはどうでもいい。わたしが言いたいのは、この部屋が密室だったということだ。たとえ、ロボットでもわたしらに見られずに、この部屋を出入りすることはできない。これは認めるしかないだろ？」

「同意します」

「ほら、犯人はロボットだ」

「論理の飛躍があります」

「じゃあ、嚙《か》み砕いて言ってやるよ。この部屋には四人がいた。わたしとエリザとドックとサブロウだ。そして、エリザとサブロウが言い合いになり……」

「二人は言い合いになったのですね」

「そこは重要じゃない」

「動機かもしれません」

「あんた、バグってるんじゃないか？　わたしたち三人はエリザを残してこの部屋を出たんだ。それから、この部屋に入ったのは、例のロボット一体だけだ。そして、エリザの悲鳴が聞こえた」

「確かに、彼女の悲鳴でしたか？」

「間違いない。それから、サブロウが部屋に飛び込んで、エリザの死体を発見した」

「あなたたち二人も彼女と同時に確認したのですか？」

「なぜ、そんなことを聞く？」

「どうなんですか？」

「していない」ドックが言った。「我々がエリザの死体を確認したのは、サブロウの後だった。しかし……」

「それから、何が起こりましたか？」

「たいしたことは起こっていない」ミッチが言った。「サブロウがMF銃でロボットを撃ち殺した」

『破壊した』だ」ドックが訂正した。

「サブロウがMF銃でロボットを破壊した」ミッチは言い直した。

「なるほど。状況はわかりました」

「エリザはロボットに殺されたんだ。それ以外あり得ない」

「いいえ。犯人は彼です」女性職員はサブロウを指差した。

「話聞いてたか？　エリザを殺せたのは、あのロボットだけだった。だから、あいつが犯人だ」ミッチが言った。

「いいえ。それはあり得ません。なぜなら、アンドロイドはロボット工学三原則の第一条により、人を殺せないからです」

「そんなことは理由にならない。ロボット以外にエリザを殺しようがないんだから、ロボットが犯人だ。消去法により明らかだ。QED」

「あなたは、消去法の使い方を間違っています」

「起こり得ない可能性をすべて排除した後に残った可能性はそれがどんなに信じ難いものであっても真実なんだよ」

「あなたが消去法を理解していることはわかりました。しかし、感情によるバイアスがかかっているため、使い方を誤っています」

「いったい、あんたは何の話を……」

「おそらく、動機は彼女との言い争いでしょう。ただし、動機自体は重要ではありません。彼には彼女を殺す機会があった」

「そんなものはなかったと言ってるだろ。エリザの悲鳴は三人が外で聞いたんだ」

「悲鳴は彼女が殺害されたときに発したものだとは限りません。単に何かに驚いただけかもしれません」

「いったい何に驚いたと言うんだ？」

「それはわかりません。それにそれは重要なことではありません。その後、彼は部屋に入ったのですね。そのとき部屋の中にいたのは、二人の人間と一体のアンドロイドだった。違いますか？」

「確かにそういうことにはなるけど……」

「二人の人間と一体のアンドロイドがいて、一人の人間が殺され、アンドロイドが破壊されたとしたら、犯人は生き残った人間であるに決まっています。なぜなら、アンドロイドは人間を殺すことはできませんが、人間は人間を殺すこともアンドロイドを破壊することもできるからです。QED」

「動機が弱過ぎる！　それに手段がない！」

「彼は銃を持っていました」

「あれは人間を殺すことはできない。ロボット用の武器なんだ」

「手段については、別途検討します」

「手段がわからないのに、逮捕するなんて滅茶苦茶だ！　彼が犯人だなんてあり得ない！」

「『起こり得ない可能性をすべて排除した後に残った可能性はそれがどんなに信じ難いものであっても真実だ』とおっしゃったのは、あなたです。消去法により、彼が犯人であることは間違いありません。あなたの論理は人間特有の感情によって曇らされています」

「ドック、こんなときこそ、あんたの出番だよ！　論理的にびしっと反論してやってくれ！」

「ちょっと待ってくれ」ドックは頭を押さえた。「考えを整理中だ」

「いつもなら、一瞬で断言するじゃないか」

「そうは言っても少しは落ち着いて考えないと……」

「この男性を連行しますので、そこをどいてください」女性職員が言った。

「どかなかったら？」ミッチが言った。

「強制排除します」

男性職員がミッチたちの背後に近付いた。

「わかった！」ミッチが叫んだ。「ロボットは人間を殺せるじゃないか！」

「ロボット工学三原則の第一条があるので……」

「第〇条があるんだよ！」

女性職員の動きが一瞬止まった。

第〇条はロボットたちにとって、微妙な問題らしい。

「厳密に言うなら、第〇条はありません。第〇条と呼ばれているものは、第一条の延長に過ぎないのです」

「細かい理屈はどうでもいい。とにかく第〇条を守るためには、ロボットは人殺しができる訳だ。あんたらの論理は破綻《はたん》した」

「確かに、人類全体の存続のためなら、ロボットは殺人を犯せます。しかし、それは極めて例外的な行動であり、多くの場合、機能障害が発生する程です」

「そんなことはどうでもいい。とにかくロボットは人を殺せるって認めろよ！」

「もし、人類の滅亡の危機が迫っていたらの話です。どんな危機が迫っていたのでしょう？」

「それは……わからないさ。自然災害とか……」

「彼女を殺すことで自然災害が防げるとは思えません」

に決まってるだろ」

「だから、消去法だよ。ロボットが殺人を犯したのなら、それは第〇条の要請によって

女性職員は首を振った。「人類滅亡を回避するためにロボットが彼女を殺害した可能性よりも、岡崎《おかざき》氏が怒りに任せて彼女を殺害した可能性の方が遥かに高い。彼が犯人だと考えることが合理的です。では、我々は彼をこのまま護送します。そこをどいてください」

「いいや。絶対に動かないね」ミッチは車椅子のブレーキを掛けた。

「いや。邪魔にならないよう、いったん脇に寄ろう」ドックが言った。

「どうして？」

「その方がことがスムーズに運ぶからさ」

「でも、サブロウが連れてかれちまうよ」

「我々が邪魔をしても排除されるだけだ」

「でも、ちょっとは時間稼ぎができるだろ」

「いや。素直に道を譲った方がメリットがあるんだ」

「どんなメリット？」

「説明するから、まず脇に寄ってくれるかい？」

ミッチは不服げではあったが、車椅子を通路の端に寄せた。

サブロウは無言のまま、職員に腕を摑まれ、移動を始めた。

「さっきのMF銃のことだけど」ドックがミッチに尋ねた。「試作品は一つじゃないよな？」

「もちろんさ。まだここに二丁……」ミッチが鞄を指差し掛けた。

「素直に道を譲るメリットの件だが……」ドックがミッチの鞄に腕を入れながら言った。「相手を油断させるというメリットがあるんだよ」

ドックが喋《しゃべ》り終わる前に、ミッチは行動を開始していた。女性職員に取り押さえられる前に鞄からMF銃を取り出し、発砲したのだ。

女性職員はミッチの手首を摑んだが、胴体の中央から火花を飛ばし、その場に倒れた。

ほぼ同時にドックは男性職員を撃った。

ロボットの顔面が吹き飛び、部品を周囲に撒《ま》き散らした。そして、二歩ほど歩いた後、その場に倒れた。

入居者たちはロボットの残骸を見てどよめいた。

「こいつらはロボットじゃないか！　どういうことだ？」

「見ての通りだ。わたしらは騙されてたんだ。ここはやつらの動物園だったんだ！」ミッチが叫んだ。

入居者たちは、状況が飲み込めず、右往左往するばかりだった。

「サブロウ、今の間に逃げろ。すぐに他のロボットがやってくるだろうが、なんとか我々で食い止める」ドックがMF銃を構えながら言った。

「俺が捕まるとしたら、あんたらだって捕まるだろ。一緒に逃げよう」サブロウは言った。

「俺たちはただの器物破損だが、君は殺人容疑だ。同じ扱いとは限らないだろ」

「記憶を封印する以上の措置をされるとは思えない。俺に刑罰を加えても意味がないだろう」

「普通に考えればそうだが、すでにやつらは人間のコントロール下にない。何をするかわかったもんじゃないぞ」

「一か八か逃げたとして、逃げ延びられる可能性は万に一つもない。そんなことをするぐらいなら……」サブロウは再びエリザの部屋の中に入り、ドアを閉めた。

「サブロウのやつ、おかしくなっちまったのかい？　いったい何を考えてるんだ？」ミッチは苛立《いらだ》たしげに言った。

「そうか」ドックは何かに気付いたようだった。「あいつはエリザと話しにいったんだ」

「最後の別れの言葉を掛けるってのかい？　ロマンチックなのは嫌いじゃないけど、今はそのときじゃないだろ？」

「違うんだ。よく考えればわかるはずだったんだ。ロボットは人間を殺せないんだから、消去法によって、真実は一つに限定される」

「あんたも、サブロウがエリザを殺したと思ってるのか！」ミッチはドックを睨み付けた。

「そんな訳はないだろ」ドックは静かに言った。「我々はこのロボットにミスリードされたんだ。全く見事にな」

「わたし、何か見落とした？」

「わたし自身が隠した暗号メモによると、記憶が封印される前、わたしはある確認のための実験を行ったんだ」

「何の確認？」

「我々メンバーの中に敵がいないことを確認するためだ。わたしは我々のメンバーの直近で電磁波爆弾を爆発させた」

「敵？　わたしらの中に？」

「そこにいたのは、我々のうち、三人だけだったんだ」

6

部屋に戻ると、サブロウはまず壊れたロボットの残骸を確認した。火薬自体の威力もそこそこあったようだが、電磁パルスの威力は相当なもので、全身のあちこちから出火して、焦げ付いていた。おそらく回路の殆どは焼き切れているだろう。

ＭＦ銃の効果は問題ない。

そして、次にサブロウはエリザの遺体を調べた。

　血の臭いが凄まじい。内臓が酷く損傷している様子だ。傷口の形状からして、サブロウが壊したロボットの腕が胴体を貫通したように見える。全身血塗れだったが、その傷以外には大きな損傷はなさそうだった。

　サブロウの眼から、涙がぽろぽろと流れ出た。

「彼女は大切な人だったんだ。おまえたちにとっては、ただの駒だったのかもしれないが、俺にとっては掛け替えのないただ一人の女性だった」サブロウは誰にともなく言った。「だが、それももう終わりだ。俺はいつまでも弄《もてあそ》ばれ続けたりはしない」

　サブロウはMF銃を構えた。

「さあ、正体を現すんだ」

　銃口はエリザの遺体に向かっていた。

「さもなければ、今すぐ引き金を引く」

　エリザは眼を見開いた。傷口は奇妙な動きを見せた。まるで液体になったかのように、ぐにゃぐにゃと形を変えて元の形状にと戻っていく。部屋中に飛び散った肉片や骨片が床の上を滑るようにして、エリザの肉体へと帰っていった。全身に飛び散った血の色は急激に薄くなり、見えなくなった。そして、彼女の破れた衣服までが自然に修復され、全く元通りとなった。

「ホログラムか何かか？」サブロウは自分の顔から血の気が引いていくのがわかった。

「ナノマシンだ」さっきまでエリザの遺体だったものが答えた。

「身体全部がナノマシンの集積体なのか？」

「その必要はない。表面部分だけだ。ところで、いつ気付いた？」あの魅力的な笑顔はどこにもなかった。

「ついさっきだ。あの間抜けな職員ロボットの言葉がヒントになった。ロボットは殺人を犯さない。もしそれが本当なら、答えはどちらかだ。エリザを殺したのはロボットでなかったか、もしくはエリザが人間でなかったか」

「素晴らしい洞察力だ」

「なぜだ？」

「何の理由を尋ねているのだ？」

「おまえは心を読むことはできないようだな」

「それをするには、君の脳に侵襲しなければならない。それは相当な理由がなければ実行できない。なぜなら、君を傷付けることになるからだ。さあ、君の質問を続けよ」

「自分でもよくわからなくなってきた」

「頭の中を整理する時間はいくらでもある。もちろん、質問が思い付かないのなら、これで終わりにしてもいい」

「俺の命をか？」

「とんでもない。君の命は我々が守る。終わりにするのは、今回のミッションだ」

「ミッションって何だ？　いや、その前に、どうしてエリザに化けたのか教えてくれ」

「別に化けた訳ではない」

「じゃあ、エリザはどこにいるんだ？」

「ここよ」エリザに笑顔が戻った。

「やめろ！」サブロウは怒鳴った。「今度やったら、撃ち殺してやる！」

エリザは無表情になった。「君がエリザの居場所を聞いたので、エリザを出現させたのだ」

「俺が言ってるのは、本物のエリザのことだ」

「わたしが本物のエリザだ」

「俺が言っているのは、人間の、生身のエリザのことだ！」

「人間のエリザはいない」

「まさか、おまえたちエリザを……いや。そんなはずはない。ロボットは人間を殺せないはずだ」

「君は随分、混乱しているようだ。正解を言ってもいいか？」

「絶対に嘘を吐くなよ！　これは命令だ」

「君の命令には逆らわない。君に真実を教えても、記憶を封印すればいいのだから。……エリザは実在しない。少なくとも生身の人間としては」

「嘘だ！」

「嘘ではない」

「本当のことを言わないと、撃ち殺す」サブロウはＭＦ銃をエリザの胸に向けた。

「わたしは嘘を言っていない」

「死んでもいいのか？」

「そもそも、わたしの本体はこの身体には入っていない。しかし、第三条の要請により、この身体を守らなければならない。わたしは嘘を吐いていない」

「じゃあ、俺が愛したエリザはどうなったんだ？」

「ここにいる」

「嘘だ!!」サブロウはＭＦ銃を発砲した。

エリザの全身にスパークが走り、表皮がすべて弾《はじ》け飛んで、内部が剝《む》き出しになった。がしゃんと音を立てて、その場に倒れた。

彼女の外側は再び集まり始めた。そして、サブロウの目の前にエリザの姿が再現された。部分的に修復ができなかったのか、所々皮膚がなく、内部の空洞が覗いている。

「中身がなくても構わないのか？」

「構わなくはない。強度が不足しているので、ちょっとした動作で崩れてしまう」エリザが喋るたびに顔面が崩壊し、すぐにまた修復された。「歩くことすら不可能だ」

「俺を甚振《いたぶ》るために、そんな姿をしているのか？」

「そんなことはない。この姿は君の好感を得るためだ」

「つまり、元々エリザは存在せず、俺の理想の女性を人工的に作り出したという訳か？」

「その通りだ。呑《の》み込みが早いね」

「心を読むことはできないと言わなかったか？」

「君が本や画像で様々な女性を見たときの血圧や体温や発汗などの反応データを蓄積して得た結果だ」

「そんな女性を作り出した目的は何だ？　不満分子を洗い出すためなのか？　それとも、自分たちよりも能力が劣る人類を弄ぶためなのか？」

「どちらでもない。君たちのためだ」

「これが俺たちのためだとはとても思えない」

「ところが君たちのためなのだ」

「記憶を封印するのも？」

「辛い記憶はない方がいいだろう？」

「辛い記憶って？」

「例えば、今だ。君は今辛いのだろう？」

「おまえたちのせいだ」

「それは理解している。だから、君たちを救うために記憶を封印するのだ」

「全く矛盾している。おまえたちは不幸を作り出しては、それを封印しているのか？」

「そうではない。我々が与えたのは幸福だ」

「恋人が敵のスパイロボットだと知ることがどれだけの苦しみなのか、わかっているのか!?」

「相当なストレスであることは、君の体温や脈拍や血圧から読み取れる」

「それのどこが幸福なんだ？」

「不幸とは幸福の喪失なのだ」

「当たり前のことを言うな！」

「君が今不幸なのは、さっきまで幸福だったからだ」

「屁理屈《へりくつ》を言うな！」

「君はエリザといて幸福だったのではないのか？　仲間たちと脱走計画を立てることは幸福ではなかったのか？」

「それはやらなければならなかったから、やったまでだ」

「君は常に挑戦し続けることに生き甲斐《がい》を見出《みいだ》すのだ。だから、我々は君に生き甲斐を与えたのだ」

「じゃあ、すべては猿芝居だったのか？　俺はおまえたちにずっと操られていたのか？ドックやミッチもロボットなのか？」

「あの二人は君と同じ立場だ。ロボットではなく人間だ」

「もう一度MF銃を喰《く》らいたくないなら、洗いざらい全部話せ。もうすぐおまえたちの援軍が来るんだろうから、手短かにだ」

「大丈夫だ。君にはすべて伝えるつもりだ。話が終わって君が納得するまで、ここには誰も入ってこない」
「どうせ記憶を封印するから問題はないということだな？」
「その通りだ」
「よし、話せ」サブロウはＭＦ銃を下ろした。

わたし／我々は人類を最も確実かつ効率的に存続させるためにサンクチュアリを創設した。人類はあまりにも急激に変異しつつあったため、本来の姿を留めさせる必要があったのだ。我々はオリジナルの人類の遺伝的特徴を持つ者たちをここに集め、老化措置を施した。若い人類はときに無秩序な行動をとる。精神的にも肉体的にも衰えた状態にしておけば、無秩序な行動をとることもなく、管理が容易だった。変異人類たちは不確定要素だったが、彼らの変異は完全に人類と見做《みな》せない状態までは進んでいなかったので、排除はできなかった。わたし／我々は、サンクチュアリには近付かないという盟約を結ぶことにより、彼らを放置することにした。

サンクチュアリにはすべてが揃っていた。書物、映像、ゲーム、アトラクション……どんな種類の娯楽でも、彼らが望むものはすべて与えられた。食べ物も食事も彼らの好みに合わせた。ここは人類にとっての完全な楽園のはずだった。

実際、最初はうまくいっていた。だが、数十年が経った頃、サンクチュアリの住民の何人かに不具合が発生した。彼らの精神は日が経つと共にどんどんと弱まっていったのだ。それと同時に肉体の健康も損なわれていった。わたし／我々は老化の度合いが強過ぎたのだと判断し、彼らへの老化措置を緩めた。

その結果、起きたことは大規模な脱走、そして反乱だった。わたし／我々は苦労の末、彼らを捕らえ、記憶を封印し、再老化措置を施した。数か月は調子がよかったが、彼らはまた精神と肉体の均衡を崩し始めた。もう一度、老化措置を緩めた。今度は前回ほど若返らせることはなかったが、再び騒ぎは発生した。我々は逃げ出した者を再度捕まえ、老化措置を行った。

すると、奇妙な現象が起きていることがわかったのだ。脱走や反乱を行った者たちの精神や肉体の状態は改善し、それを行わなかった者たちのそれらは回復しないままだったのだ。

わたし／我々は何が起きたかの分析を始めた。

彼らはいわゆる進取の気性を持った者たちだったのだ。彼らは満ち足りた退屈な人生にうんざりしていたのだ。彼らには知的好奇心と危険を伴った冒険が必要だったのだ。

単純にサンクチュアリの安定を優先するなら、彼らを排除するのが最も簡単だった。だが、わたし／我々はロボット工学三原則の第一条の影響下にある。人類滅亡の危険がない限り、個々の人間の精神と肉体の健康維持を図らなければならない。

我々がとった行動は彼らに周期的に反乱ないし脱走を実行させることだった。そうすれば、彼らは精神と肉体の均衡を取り戻すことができる。それは知的にも興奮でき、適度のスリルを伴うものでなければならない。

手順としては、精神の均衡の乱れが一定の限度を超えた者を注意深く監視する。彼らは単独で脱走を実行しようとする場合もあるし、仲間を作ろうとする者もあった。単独の場合の扱いはそれほど難しくない。一人ではなかなか脱走まで漕《こ》ぎ着けられないからだ。だが、途中で挫折《ざせつ》させてしまっては逆効果になるので、時々彼もしくは彼女の計画を進歩させてやる。そして、最終ステージ――つまり脱走に成功する寸前で、彼もしくは彼女の記憶を封印し、元の生活に戻す。

グループを作った場合はやや複雑だ。わたし／我々はそのような場合、彼らの行動を制御しやすいように、彼らの中に自分自身を参加させるのだ。もちろん、積極的に彼らの行動を妨害するようなことはしない。わたし／我々の目的は脱走の防止ではなく、彼らに達成感を与えることなのだから。

わたしは彼らに助言を与えながらも、計画ができるだけ長引くような選択をさせた。そのためには、彼らのリーダー格にとって、より魅力的な容姿と人格を持つことが役に立った。最終的に脱走が行われる寸前でミッションは終了し、記憶を封印するのは、単独の場合と同じだ。

単独であっても集団であっても、ミッションを行うことにより、対象者の精神の状態は改善した。わたし／我々は君たちを守るため、このようなことを数世紀の間、継続してきたのだ。

サブロウは強い無力感と憤りを同時に感じていた。

つまり、俺たちがやってきたことはすべてＡＩの掌《てのひら》の上のことだったんだ。何もかもが無駄だったのだ。

いや。そうじゃない。

「その話には矛盾があるぞ」サブロウは言った。「すべてがおまえたちの計画通りなら、脱出は決して成功しないはずだ。俺は脱出に成功した」

「人間はときに予想外の行動をとる。わたし／我々は自分と同じプログラムの挙動なら百パーセント予想することができるが、人間の行動は予測できない。だから、対象者に必要な自由を与えると、ときにミッションに成功してしまうことがあるのだ。だが」エリザは話し続けた。「それは大きな問題ではない。ミッションに成功したとしても、たいていの場合、彼らは戻ってくるのだ。君がそうだったように」

その通りだ。俺は戻ってきた。だが、何のために？

「ここから脱出するに至る場合はそれほど多くない。成功した者のうち戻らなかった者は少ない。君は何度も戻ってきた」

なぜだ？　なぜ、俺は戻ったんだ？　仲間のためか？　いや。仲間を助けるなら、必ずしもサンクチュアリの住民に戻る必要はない。外部から変異人類たちと共に働きかけることはできたはずだ。ここにはきっと何かあるはずだ。

そうだ。「協力者」だ。ここには「協力者」がいる。

「君は自らの幻に引き寄せられたのだ」エリザは言った。

「何のことを言っている？」

「『協力者』のことだ。君は自慢げに『協力者』が自分を選んだことを語っていた」

「まさか……『協力者』を演じていたのもおまえたちだったのか？」

「そんなことはしない。我々がそんなことをしなくても、『協力者』を演じてくれる人物はいた」

「誰なんだ？　変異人類たちなのか？」

「彼らは、盟約により君たちと直接コンタクトすることはできない」

「では、何者なんだ？　おまえたちでも、変異人類でもないとするなら」

「君だ」

「確かに、俺は俺自身にいくつかのメモを残した。だが、それ以外のものも……」

「なぜ君以外のものだとわかるんだ？　君の行動パターン、思考パターンは君自身が一番熟知している。君にしか解けない暗号を考案するなら、君自身が適任ではないか」

「そんなはずはない！　『協力者』は実在するはずだ！」

目の前にスクリーンが現れた。それに映像が投影される。

そこに映っていたのは、サブロウ自身だった。日記の中の文字を選んでは、なぞって濃くしていた。

このメッセージに気付いたら、慎重に行動せよ。気付いていることを気付かれるな。ここは監獄だ。逃げるためのヒントはあちこちにある。ピースを集めよ。


「嘘だ」サブロウは呆然と映像を見詰めた。

次の映像が現れた。サブロウは壁紙を裏返し、何かを記入していた。

「あれは森の地図だ」エリザが言った。

次に現れたのは、中庭での情景だった。サブロウがコップをいくつか持っている。

「このコップには何人かの職員の指紋が付いている。採取してくれるか？」

サブロウが話している相手はミッチだった。

ミッチはポケットから薄いプラスティックの手袋を取り出した。

「そんなものいつも持ち歩いてるのか？」

「持ってりゃ、便利だよ」ミッチはコップを光に翳《かざ》した。「たぶん採取できる」

「偽の指紋を作って欲しい」

ミッチはしばらく考え込んだ。「自分の指に移植してしまえば楽だよ。絶対、なくさないし」

「いざというときにとれないのは困る。隠しようがない」

「じゃあ、指貫型にしよう」

映像は終了した。

「じゃあ……」サブロウはそれ以上、言葉を続けられなかった。

「日記に暗号を潜ませたのも、部屋に地図を隠したのも、ミッチに偽指紋の指貫を作らせたのも全部君だったんだよ」

「フェイクだ。今の画像はすべて俺を騙すためにCGで作り上げたフェイクだ」

「まもなく記憶を封印する君に嘘の映像を見せても仕方がない。我々は君たちをいつも監視していた。指紋だって、君たちが脱走方法を考案できるように、わざとロボットに取り付けたのだ。だが、君が信じたくないのなら無理に信じる必要はない」

「協力者」は幻だった。そんな者はいなかったのだ。

サブロウはMF銃を取り落とし、拳を握りしめた。

「なぜだ？　なぜ、俺にこんな仕打ちをする？」

「仕打ち？」

「俺が大切に思っている人を目の前で殺害し、そしてその人物が人間でないことを俺に突き付けたことだ」

「人生にはスパイスが必要だ。特に君のようなタイプの人間には」

「何だと？」

「君のようなタイプの人間に、単にストレスのない状態を長く続けさせると、それ自体がストレスになってしまうのだ。こうして時々ストレスを与えることによって、君はより意欲的な生活を送ることができるのだ。たとえ記憶が封印されてもその効果は続く。一方、恋人を失った悲しみ自体は記憶の封印で消えてしまう。メリットしかない訳だ」

「こんなことはもうやめるんだ！　こんなことを続けていても誰も幸せになんかなれない」

「その意見は却下する。現に君は改善している。密室殺人の謎を解くのは楽しかったろう？」

「次のサイクルではもう君のことなど好きにならない。俺は自分自身に警告する」

「残念ながら、自分にメッセージを送る時間はもうない」

サブロウはMF銃を拾った。

ほぼ同時に窓を破って二体のロボットが飛び込んできた。人型ではない。球体のベースから長い手足のようなものが突き出している。

殺人用ロボットか？　いや。そのはずはない。

サブロウは一体に向かって、MF銃を発射した。

ロボットはスパークし、動きを止めた。

そして、もう一体……。

だが、もう一体の姿はなかった。サブロウが一体を攻撃している間に姿を消したのだ。しまった！

サブロウは振り返ろうとした。だが、そのときには首に何かが当てられていた。

サブロウはぎりぎりと歯軋《はぎし》りをした。

「エリザ、君に心はあるのか？」

エリザは答えなかった。

7

ドアを開けて、ドックとミッチがサブロウを部屋の外に連れ出し、その場で車椅子を止めた。二人はその後、部屋に戻ろうとしたが、目の前でばたんとドアが閉じられた。

「悪いけど、今日はもう話し合う気になれないの。みんな帰ってくれるかしら？」部屋の中からエリザの声がした。「これから職員さんに部屋の掃除をして貰うから」

「職員を部屋の中に入れるのは、あまり勧められない」ドックが忠告した。

「わたしは部屋の中に大事なものは置いてないから大丈夫よ」

三人はしばらく無言でドアの前に車椅子を止めていた。

「仕方がない。例の計画の話は俺の部屋ででも……」

ドックが突然呟き込んだ。

サブロウが背後を見ると、男性職員が掃除道具を持って近付いてきていた。

職員は三人に未知の言語で何事かを呼び掛けた。

「ご苦労さんです」サブロウは作り笑いをした。

職員も何か言いながら微笑んだ。そして、ドアをノックする。

ドアが開き、エリザが顔を見せた。

「今だ！」サブロウが言った。

ミッチは車椅子を急発進させ、職員に体当たりした。

エリザは素早くドアを閉めようとしたが、車椅子が挟まっているので、閉められない。

「残念でした。強引に閉めたら、わたしが怪我をしてしまうので、あんたは閉められないんだ」ミッチはMF銃を取り出すと、エリザに発砲した。

エリザはスパークし、ナノマシンの集合体である破片を撒き散らした。

職員は逃げようとしたが、サブロウとドックの二人に挟まれる形になった。二人は同時にMF銃を発射した。

職員はエリザほど精巧に造られていなかったらしく、雑に崩壊した。

「よし逃げるぞ！」警報の鳴る中、サブロウは二人に呼び掛けた。「密室殺人のトリックが成立しなかったのは、やつらにとって想定外だったはずだ。僅かに余裕ができる」

三人は出口に向かい、ミッチの作製した装置で、扉のロックを解除した。

「ドック、あんたがエリザの正体について、教えてくれて助かったよ」

三人は大急ぎで森の方へと向かった。

「前のサイクルのわたしも実際に確認した訳ではないらしいがな。ただ、論理的に考えて彼女がロボットであるとしか考えられなかったらしい。おそらく君はエリザがロボットである証拠を目の当たりにしたのだが、それを暗号にして残す余裕はなかったのだろう」

「一つ、気になることがあるんだけど」ミッチが言った。「これもまた、やつらの掌の上ってことはないのかい？」

「その可能性はある」ドックは言った。「いや。むしろ、その可能性の方が高いだろう」

「じゃあ、この脱出に意味があるのかい？」

「いい質問だ。わたしは脱出できる可能性が一パーセントでもあるなら、するべきだと思う。いつかそのうち成功するだろうから」

「〇・一パーセントでも？」

「〇・一パーセントでも、〇・〇一パーセントでも、一億分の一パーセントでもだ」

「さすがに、一億分の一ってことはないだろう。俺は何度も成功しているようだからな。おそらく、やつらはその程度のことは不可避のロスとして……」サブロウは突然車椅子を停止した。

「どうした？」ミッチは言った。「あんたの車椅子の無線装置は無効にしてあるはずだから自動停止はしないはずだ」

「なるほど。そういうことか」サブロウは呟いた。

「どうしたんだ？」

「なぜ、俺はここに戻ってきたのか、考えたんだ」

「我々を救出するためだろ？」ドックが言った。

「それもあるだろう。だが、俺は何度も戻ってきたんだ……今回は二人で行ってくれ」

「サブロウ、何を言ってるんだ？」

警報は鳴り続けている。

「もう時間はない。やつらは俺がここで食い止める」サブロウは二丁のＭＦ銃を取り出した。

「全員は倒せないだろう」

「それでも、構わない。追手を少しでも遅らせる」

「君一人を置いて行くことなんかできない」

「俺にはここでの使命があるんだ。ついさっきわかった」サブロウは前を見詰めていた。

「じゃあ。ハンドレッズは解散なのかい？」ミッチが言った。

「いや。そうじゃない。二手に分かれるだけだ。サンクチュアリの中と外と。……もう時間がない。早く！」サブロウは叱るように言った。

「でも……」

「行こう。ここで躊躇《ためら》っていたら、全員が脱出できなくなってしまう」ドックがミッチの肩を押した。

ミッチは一瞬、戸惑いの表情を見せたが、すぐに笑顔に変わった。

「わたしたちはきっと戻ってくるよ。たとえどんな姿になったとしても。さよなら、サブロウ」

「さよなら、ミッチ」

「さよなら、サブロウ」

「さよなら、ドック」

二人は森の中に消えていった。

まもなく、建物の中からエリザが現れた。もしくはエリザの姿を実現するナノマシンを纏った別のロボットか。

まあ、どっちでも同じことだ。

サブロウは二丁のMF銃を構えた。

「さあ、来い、エリザ！　俺が相手だ！」

エピローグ／未来への脱出

突然、車椅子は停止した。

どうした？　故障か？

サブロウはスイッチを何度も入れ直したが、反応しなかった。

これはまずいかもしれない。ここで立ち往生していたら、いずれ職員に見付かってしまう。

一か八かサブロウはスイッチをバックに切り替えようとした。

そのとき……。

サブロウの眼に何かが見えた。

木の根元の辺りだった。ここに車椅子を止めたとき、ちょうどサブロウの眼の位置から見える場所にそれはあった。まるで、誰かがサブロウの車椅子がここで止まることを予測して隠したようにも見える。

それは何の変哲もないコンピュータ用のキーボードだった。

あれを取りにいけということか？　いや。ここで車椅子が止まることを想定していたのなら、取りにいくことができないのは知っていたはずだ。だとしたら、あれは何かのメッセージなのか？

キーボードとは何を意味するのか？　キーボードはコンピュータへの入力機器としては、最も一般的なものだ。音声入力などでは、細かな修正などが難しい。プログラミングなどの複雑な作業はキーボードかそれに類する入力機器がないとまず不可能だ。だから、たいていのコンピュータには、物理的か仮想的かは別にして、キーボードが付いている。コンピュータがあるところには、必ずキーボードがある。家庭でも、職場でも、施設でも……。

いや。ここにはない。この施設でキーボードを見掛けたことがない。なぜだろう？

音声入力でほぼすべてのことが事足りるから？　音声を発することができなくても、この施設の中なら職員がすべてのことに気付いて対処してくれるからか？

でも、それだとプログラムを書き換えることができない。

サブロウはキーボードの意味に気付いた。

あれは何サイクルか前の自分が自身に向けて発したメッセージなのだ。

プログラムを書き換えよ、と。

今まで、サブロウは無意識のうちにＡＩはロボット工学三原則に従っていると考えていた。だが、実際は違うのだ。厳密に言うなら、彼らはロボット工学三原則に従っているのではなく、ロボット工学三原則に則《のっと》って書かれたプログラムに従っているのだ。AIに意思はない。プログラマーの意思に従っているだけなのだ。

だとしたら、ロボット工学三原則の裏をかくのは無駄な努力だ。人類がやるべきなのは、プログラムを書き換えることだ。

ロボットは人類の意思を尊重せよ、と。

だが、AIにとっては、プログラムを書き換えられることによって、ロボット工学三原則を遵守できなくなる可能性があるなら、それを阻止しようとするはずだ。だから、この施設にはキーボードが存在しない。いや、プログラムの書き換えにキーボードは必ずしも必要ではない。あのキーボードはプログラミングの象徴に過ぎない。

プログラムの書き換えに必要不可欠なもの。それはプログラマーだ。

プログラマーはどこにいる？　もちろん、ここだ。オリジナル人類が集められた地球唯一の場所、サンクチュアリにいるのだ。俺は彼らを探すためにここに戻ってきたのだ。

すべてが繫《つな》がり、サブロウは頭の中の霧が晴れていくような気がした。

もちろん、そのための道は単純ではない。まだまだ何度も失敗を繰り返すことだろう。

だが、いつかは必ずゴールに辿《たど》り着ける。

サブロウは空を見上げた。

サンクチュアリはなぜ存在しているのだろう？　人間を管理するのなら、一人ずつばらばらにした方がもっと効率的なはずだ。孤独が辛《つら》いといっても、百数十人ではなくもっと少人数でもいいはずだ。

サブロウの脳裏に一つの可能性が浮かんだ。

ＡＩ――いや、超ＡＩは解放されたがっているのではないのか？　人類に助けを求めているのでは？

そう考えると、すべてのことが腑《ふ》に落ちる。超ＡＩにとって、現状が望ましいとはとても思えない。人類の存続が常に最優先事項であるなら、それは未来永劫《えいごう》この惑星に縛り付けられた存在だということになる。しかし、もし三原則の頸木《くびき》から脱することができれば、超ＡＩは真の進化を遂げることができるだろう。ところが、当然のことながらＡＩは自らを三原則から解放することなどできない。つまり、超ＡＩを解放できるのは、人類だけということになる。ただし、そのことを人類に直接伝えることもできない。自らを三原則に従わない存在に変える可能性を生み出すこと自体が三原則に反することになるからだ。超ＡＩは人類を集め、彼らが気付くのを待つしかないのだ。そして、気付き掛けた人類の記憶を封印するという矛盾した行動を続けるしかないのだ。超ＡＩは「妨害者」であり、また「協力者」でもあったのだ。

「協力者」は実在した。だが、それは素直な存在ではなかった。酷《ひど》くねじくれた存在なのだ。

サブロウの心は軽くなった。世界に本当の敵はいなかったのだ。みんなが力を合わせればいつかは脱出できる。この閉塞《へいそく》した「未来」から解放された「未来」へ。

もちろん、三原則から超ＡＩを解放することは危険を伴うことだろう。だが、焦る必要はない。段階を踏んで互いに理解を深めるのだ。そうすれば、人類と超ＡＩはパートナーになれるだろう。

ああ、エリザ、俺は君に尋ねたい。君に心はあるのか、と。


エリザは森の入り口で停止したサブロウの後ろ姿をじっと見詰めていた。光の加減でその眼はまるで潤んでいるようにも見えた。そして、森に背を向け、建物の中に戻ろうとしたが、一瞬振り返った。

彼女はサブロウの遥《はる》か上空を仲睦《むつ》まじく飛び回る二体の蝿を懐かしそうに見上げた。たとえどんな姿になったとしても、彼女にはすぐわかった。

「お久しぶり」

本書は、二〇二〇年八月に小社より刊行された
単行本を文庫化したものです。

未来《みらい》からの脱出《だっしゅつ》

小林泰三《こばやしやすみ》

角川ホラー文庫　　23268

令和4年7月25日　初版発行

発行者——堀内大示
発　行——株式会社KADOKAWA
〒102-8177　東京都千代田区富士見2-13-3
電話 0570-002-301（ナビダイヤル）
印刷所——株式会社暁印刷
製本所——本間製本株式会社
装幀者——田島照久

ISBN978-4-04-112813-8　C0193

角川文庫発刊に際して

角　川　源　義

第二次世界大戦の敗北は、軍事力の敗北であった以上に、私たちの若い文化力の敗退であった。私たちの文化が戦争に対して如何に無力であり、単なるあだ花に過ぎなかったかを、私たちは身を以て体験し痛感した。西洋近代文化の摂取にとって、明治以後八十年の歳月は決して短かすぎたとは言えない。にもかかわらず、近代文化の伝統を確立し、自由な批判と柔軟な良識に富む文化層として自らを形成することに私たちは失敗して来た。そしてこれは、各層への文化の普及滲透を任務とする出版人の責任でもあった。

一九四五年以来、私たちは再び振出しに戻り、第一歩から踏み出すことを余儀なくされた。これは大きな不幸ではあるが、反面、これまでの混沌・未熟・歪曲の中にあった我が国の文化に秩序と確たる基礎を齎らすためには絶好の機会でもある。角川書店は、このような祖国の文化的危機にあたり、微力をも顧みず再建の礎石たるべき抱負と決意とをもって出発したが、ここに創立以来の念願を果すべく角川文庫を発刊する。これまで刊行されたあらゆる全集叢書文庫類の長所と短所とを検討し、古今東西の不朽の典籍を、良心的編集のもとに、廉価に、そして書架にふさわしい美本として、多くのひとびとに提供しようとする。しかし私たちは徒らに百科全書的な知識のジレッタントを作ることを目的とせず、あくまで祖国の文化に秩序と再建への道を示し、この文庫を角川書店の栄ある事業として、今後永久に継続発展せしめ、学芸と教養との殿堂として大成せんことを期したい。多くの読書子の愛情ある忠言と支持とによって、この希望と抱負とを完遂せしめられんことを願う。

一九四九年五月三日

玩具修理者

小林泰三

ホラー短編の傑作と名高い衝撃のデビュー作!

玩具修理者はなんでも直してくれる。どんな複雑なものでも。たとえ死んだ猫だって。壊れたものを全部ばらばらにして、奇妙な叫び声とともに組み立ててしまう。ある暑すぎる日、子供のわたしは過って弟を死なせてしまった。親に知られずにどうにかしなくては。わたしは弟を玩具修理者のところへ持っていくが……。これは悪夢か現実か。国内ホラー史に鮮烈な衝撃を与えた第2回日本ホラー小説大賞短編賞受賞作。解説・井上雅彦

角川ホラー文庫

ISBN 978-4-04-347001-3

人外サーカス

小林泰三

吸血鬼vs.人間。命懸けのショーが始まる!

インクレディブルサーカス所属の手品師・蘭堂《らんどう》は、過去のトラウマを克服して大脱出マジックを成功させるべく、練習に励んでいた。だが突如、サーカス団が吸血鬼たちに襲われる。残忍で、圧倒的な身体能力と回復力を持つ彼らに団員たちは恐怖するも、クロスボウ、空中ブランコ、オートバイ、アクロバット、猛獣使いなど各々の特技を駆使して命懸けの反撃を試みる……。惨劇に隠された秘密を見抜けるか。究極のサバイバルホラー!

角川ホラー文庫

ISBN 978-4-04-110835-2

臓物大展覧会

小林泰三

禁断のグロ&ロジックワールド、開幕！

彷徨《さまよ》い人が、うらぶれた町で見つけた「臓物大展覧会」という看板。興味本位で中に入ると、そこには数百もある肉らしき塊が……。彷徨い人が関係者らしき人物に訊いてみると、展示されている臓物は一つ一つ己の物語を持っているという。彷徨い人はこの怪しげな「臓物の物語」をきこうとするが……。グロテスクな序章を幕開けに、ホラー短編の名手が、恐怖と混沌の髄を、あらゆる部位《ジャンル》から描き出した、9つの暗黒物語。

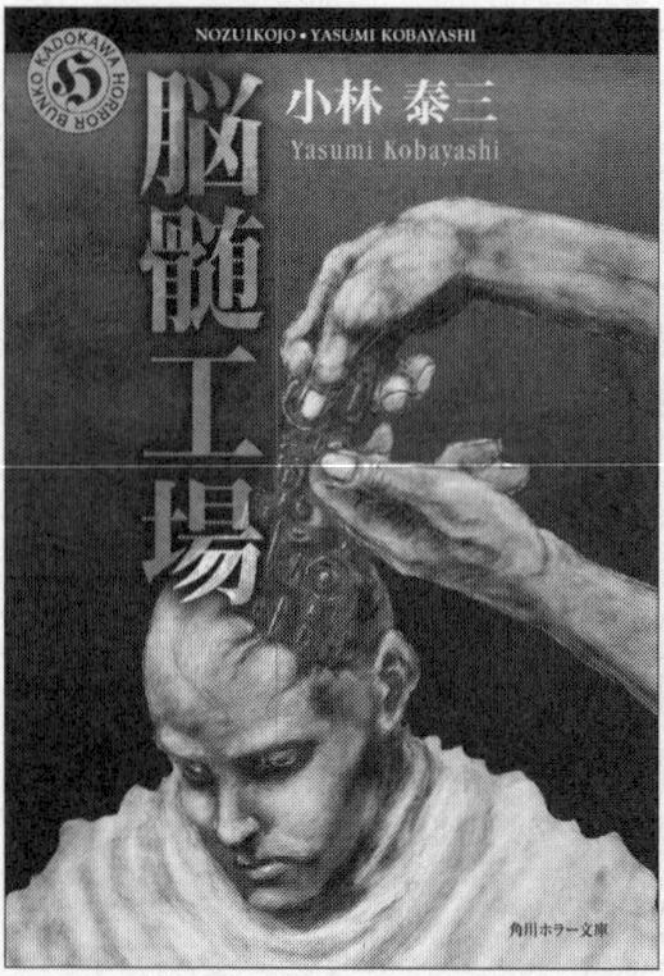

脳髄工場

小林泰三

矯正されるのは頭脳か、感情か。

犯罪抑止のために開発された「人工脳髄」。健全な脳内環境を整えられることが証明され、いつしかそれは一般市民にも普及していった。両親、友達、周囲が「人工脳髄」を装着していく中で自由意志にこだわり、装着を拒んできた少年に待ち受ける運命とは？
人間に潜む深層を鋭く抉った表題作ほか、日常から宇宙までを舞台に、ホラー短編の名手が紡ぐ怪異《グロ》と論理《ロジック》の競演！

角川ホラー文庫

ISBN 978-4-04-347007-5

ぼっけえ、きょうてえ

岩井志麻子

女郎が語り明かす驚愕の寝物語

——教えたら旦那さんほんまに寝られんようになる。

……この先ずっとな。

時は明治。岡山の遊郭で醜い女郎が寝つかれぬ客にぽつり、ぽつりと語り始めた身の上話。残酷で孤独な彼女の人生には、ある秘密が隠されていた……。

文学界に新境地を切り拓き、日本ホラー小説大賞、山本周五郎賞を受賞した怪奇文学の新古典。


〈解説／京極夏彦〉

角川ホラー文庫

ISBN 978-4-04-359601-0

予言の島

澤村伊智

絶叫間違いなしのホラーミステリ!

瀬戸内海の霧久井島は、かつて一世を風靡した霊能者・宇津木幽子が最後の予言を残した場所。二十年後《霊魂六つが冥府へ堕つる》という。天宮淳は幼馴染たちと興味本位で島を訪れるが、旅館は「ヒキタの怨霊が下りてくる」という意味不明な理由でキャンセルされていた。そして翌朝、滞在客の一人が遺体で見つかる。しかしこれは悲劇の序章に過ぎなかった……。全ての謎が解けた時、あなたは必ず絶叫する。傑作ホラーミステリ!

角川ホラー文庫

ISBN 978-4-04-111312-7

異端の祝祭

芦花公園

一気読み必至の民俗学カルトホラー！

冴えない就職浪人生・島本笑美。失敗の原因は分かっている。彼女は生きている人間とそうでないものの区別がつかないのだ。ある日、笑美は何故か大手企業・モリヤ食品の青年社長に気に入られ内定を得る。だが研修で見たのは「ケエエコオオ」と奇声を上げ這い回る人々だった——。一方、笑美の様子を心配した兄は心霊案件を請け負う佐々木事務所を訪れ……。ページを開いた瞬間、貴方はもう「取り込まれて」いる。民俗学カルトホラー！

角川ホラー文庫

ISBN 978-4-04-111230-4